NINTH PRINCESS OF HADES

NINTH PRINCESS OF
HADES

九嫇

NINTH PRINCESS OF HADES

桓宓 著

漫長的時光中迎來了她，便不許她輕易離開——
或者，允許誰把她從他身邊帶走。

目錄

楔子

大、事、不、妙。

冥媱瞪著桌上的碗，心慌頓時爬滿整個胸腔，讓她不自覺地深嚥一口津液。回想起方才那仙君的容貌，她有種不好的預感。

「九公主，有何不妥嗎？」身後不遠的鬼差旬岳見冥媱瞪著桌上的空碗，以為她遇到難題，不禁出聲。

九公主冥媱，乃是這幽冥鬼界最小的一位公主，平日被頭上的哥哥姊姊嬌寵著，雖沒養出任性的脾氣，但卻有著容易闖禍的迷糊性子。

如今孟婆姥姥因犯錯受罰，沉睡千年不醒，於是發孟婆湯給輪迴靈魂的重任，就交給了冥媱。

冥王也曉得小女兒需要多歷練，雖把這件事交給她，卻又怕她辦砸，所以撥了幾個細心謹慎的手下看著她。

沒想到，千算萬算，還是小看了這女兒闖禍的能力。

「沒、沒有……」冥媱聽見叫喚，趕緊朝旬岳疑惑的面孔擠出一抹乾笑，試圖粉飾太平。

「繼續、我們繼續做事吧……呃，旬岳啊，剛剛錯身的那位仙君……你可知道是哪尊啊？」

那人身形偉岸挺拔，周身仙氣雖已收斂，但那厚重的殺戮之氣不是可以輕易掩蓋的。

每個要入輪迴的靈魂，都要喝下一碗孟婆湯；那碗裡裝的，是這人一生流過的眼淚。淚水裡頭含有七情六慾，將淚水加入煮好的忘川水中便是孟婆湯，喝下之後，靈魂將會忘卻前塵舊事，開始新的人生。

但仙君下凡歷劫，除了喝下孟婆湯外，還要喝下漱靈湯。飲前者可忘記自己仙人的身分，後者則可封印仙力，讓他這一世做個凡人。

方才那位仙君喝了孟婆湯……

可為什麼漱靈湯的碗是滿的？

旬岳自然不知冥嬃無意間闖了大禍，雖心有疑惑，但還是有問有答：「那是戰神，玉玹神君。聽說受玉帝之令，入凡歷劫……九公主有興趣？」

冥嬃聽見「戰神」兩字，心口猛地一抽，聽到旬岳這一問，白著臉笑回：「有、有興趣，說來聽聽？」母后啊！居然是戰神！她一介弱小女子，若是必須與他打鬥，怎麼拚得過對方！

「這……其實有關戰神大人的傳聞也不多，小的只聽說戰神乃玉帝胞弟，創界以來戰績彪炳，為人冷酷、不喜喧鬧，自天界太平之後，就甚少出過宮殿。」旬岳瞥了眼冥嫇，那不對勁的感覺越來越濃。

冥嫇聽完，只覺冷汗如瀑。

父王啊！母后啊！竟然是玉帝的平輩！這等錯事若被發覺，別說挫骨揚灰，灰飛煙滅都算輕的！

不能再待在這裡了，她要趕緊去攔住他！

「我有些肚疼，你、你先替我顧一下啊，我等等就回來——」冥嫇裝模作樣的捧著肚腹，一步步往後退，霎白臉色倒真像那麼一回事，也不等旬岳答應，一溜煙就閃得不見人。

「哎、哎——九公主！九嫇公主——後面還有差使啊！」

不顧旬岳扯嗓大喊，冥嫇快速奔往輪迴井。

不知還能不能攔到人——

若戰神一出生就是個神智不明的痴傻之兒，這歷劫鐵定要搞砸！

嗚嗚嗚……她現在什麼也不求，只求能順利將功補過……

第一章

冥嫿追到輪迴井時為時已晚，她只能偷偷探聽戰神將轉世至凡間何處。

發完孟婆湯後，冥嫿飛快捏了個法訣從亭內消失，瞬移來到了黃泉路口。

黃泉路口乃是死者入幽冥鬼界的第一道門，進了黃泉，花期時入目皆是豔豔的紅花彼岸，但如今彼岸花正逢千年花落葉開之時，所以只見一片翠綠。

翠綠之中，有名女子站在路口引領著入鬼界的魂靈往前走，她一身銀白衣裙，襯得她本就蒼白細弱的肌膚更為皙白，眉目間的秀美更添幾分。

前進的靈魂稀稀落落的排成了一長串，冥嫿遠遠就見到立在綠叢中的二姊，連忙繞路。

「二姊、二姊！」

冥姎見她慌張，也趕緊上前幾步。「怎麼了，孟婆亭那兒出狀況了？」

一語中的。明明被猜到了她還要硬裝不是，乾笑道：「不是，孟婆亭好得很，只是我忘了絳娘交代我的一件事，很要緊的，現在要去辦！」冥嫿實在找不到好理由可以讓冥姎答應，只好搬出絳娘的名頭。

絳娘本是這黃泉路口的接引人，身分和職務不比她們這些公主、皇子高，但她在幽冥鬼界的時間極長，又以元神花香滋養這片貧瘠的幽冥之地，所以幽冥黃泉之中，沒有一人敢不敬她。

就連冥王和冥后也會聽她之言行事，是以她交辦的事情極為重要。

「什麼要緊的事？」冥姎輕瞥了眼冥嬫，只見她略微不安的偷瞧著自己。

「這、這個絳娘說不能告訴其他人。」一邊演戲還要一邊撒謊，冥嬫頭一次做這種事，緊張得手心發汗。

「不能說嗎……」冥姎沉吟，沒有再多問。

絳娘做事極有分寸，也許真是大事？姥姥如今沉睡不醒，也許她讓嬫兒去辦的事，是為了孟婆姥姥……

「知道了，剩下的二姊會處理，妳去吧。」

見冥姎頷首，冥嬫心裡鬆了口氣，連忙扯起一抹笑弧。「謝謝二姊，那嬫兒就先走啦。」說完，一溜煙就消失在黃泉路畔。

冥姎看她身影如此急忙匆促，不由得嘆了口氣。

冥嬫向冥姎告了假，就直奔人間，往神君的轉生地而去。

她從幽冥鬼界來到人間時，才知道從她給神君喝湯到他出生，人間已過去五個年頭。

戰神下凡歷劫，投胎到黎國的莫大將軍府，排行老二，今年已經五歲。因將軍夫人懷胎時遭小妾陷害差點落胎，孩子出生後又差點夭折，養了幾個月才好，故將他取名「莫殤」，期許他健康長大、莫痛莫殤。

冥嫿隱去身影，在偌大的將軍府裡尋找小莫殤。將軍府雖沒有積年世家那樣繁複華麗彎彎繞繞的庭院山水，卻也少不了層疊的石景小苑，走過兩道長廊，前方的路越發偏僻。

冥嫿未因細看院內景致而止步，往裡頭走去。

偏院裡，奶媽和丫頭兩人，在石桌前對坐講話。

雖知她們見不到自己，冥嫿仍隱在暗處偷聽。

「本以為是個不錯的差事，沒想到反倒葬送了一輩子……」約莫十三歲的年輕小丫頭彩環，看著眼前一起被派過來的陳嬤嬤，忍不住抱怨。

本來想，若是主子有出息，自己就能從一般的小丫頭變成掌管一院的大丫頭，就算是做主子身旁的貼身侍女，也好過從前那般幹粗活，沒想到盡心盡力的服侍了這小祖宗兩年，大夫卻說主子天生智能不足、反應遲緩，怕是一輩子也好不了。

「主子痴傻，但還是主子，這話休再說！再說了，當初可是妳自願要來服侍二少爺的。」陳嬤嬤一臉冷淡，已有年歲的臉龐不笑便顯得嚴肅，不見半點和藹。

彩環被這一句不冷不熱的話給訓斥得委屈，不由有些不樂意的咕噥：「陳嬷嬷，您也知道，當初二少爺出生時，將軍、夫人和大少爺有多開心啊！本想著二少爺是么子，這疼寵少不了，誰知道風光只有那三年！大夫說二少爺是個傻子，還是好不了的，我——」

「好不了妳也得照顧二少爺！老爺夫人既將二少爺交給了我們，那就好好照看著。」陳嬷嬷又唸了幾句，隨後不知想到了什麼，朝她道：「挑去那些心思，這裡雖是偏院，實際上跟冷宮沒什麼兩樣，主子不待見更好，只要不死、不鬧人命，我們想怎樣，別人還管得了？」

躲在暗處的冥嫿聽到這裡，秀眉蹙起，轉身離開，心裡有一股暗火在燒。

可惡！本來還以為那個陳嬷嬷面雖不和藹，但應該是個心善之人，沒想到全都不是善類！

莫殤可是仙界裡跟玉帝平起平坐的玉玹神君啊！這群凡人竟然這樣怠慢他！冥嫿不禁為莫殤抱屈，同時又有一股愧疚瀰漫開來。

更該怪罪的是她！

要不是當初被他容貌所惑，忘了讓他喝下漱靈湯，戰神也不至於變成這個樣子……

冥嫋往院子深處走去，卻看見一道小身影倒在地上，發出若有似無的淺淺低吟。她趕緊跑上前。

幸好時值夏季，入夜不寒，僅有些涼。

「你還好吧，有沒有摔疼？」冥嫋扶穩地上的小身軀，關心的問，一邊幫他拍去衣上的塵土，一邊檢視他的狀況。

小人兒聽見這長串問話，沒有回應半點，只睜著圓亮的眼睛。本來應該是嬌嫩的孩子肌膚，卻因長期疏於照顧而顯得有些黯淡，甚至臉廓和身子也稍嫌乾癟。

冥嫋沒有照顧過孩子，更何況對方還是個小呆子，頓時手足無措。

只見男孩朝她眨著眼，一臉無辜。

兩兩相看無語。冥嫋苦惱的皺眉，然後輕戳了戳對方的小臉頰。「戰神大人，你這是傻成了什麼程度啊……」

呆成這樣，她也不知該如何補救，當務之急，應是好好調理他這瘦弱的身子。

話說回來，這不是將軍府嗎？那些侍僕是怎麼回事？都沒在餵他吃東西嗎！

「啊唔。」小人兒感覺到眼前的人戳他臉頰，想也沒想就抓住她的手，一把含進了嘴裡咬。

一瞬間，指尖傳來的痛麻感直竄手臂。她一愣，想著這麼大力氣，該不會是莫殤的仙力，在這時候已經顯現了……

疑惑間，面前傳出嘖嘖吸吮的水聲。

「別別別，不能吃啊！大人啊，你別又吸又咬的啊……餓了我帶你去吃東西，別吃我指頭啊……」冥嫣被咬得沒辦法，想抽出手指又怕傷到對方，畢竟眼前的是個軟糯的孩子，可不是上過戰場、殺伐決斷的戰神。

冥嫣一邊哄他一邊試圖慢慢抽出指頭，但他的小牙齒還是不願意放過她蔥白的手指。

「嗚嗚，大人你咬小力點行嗎？我帶你去找東西吃行了吧？別咬得那麼用力啊，會疼……」冥嫣忍不住嚶嚶求饒。

她只好摸索著，看身上有沒有小零嘴，但摸了半天什麼也沒摸到，而被他咬在口中的指尖卻一片溼濘，冥嫣果決的放棄讓他鬆口，直接將他抱起，想帶他出去吃東西。

他現在每一次咬合都會不覺地散出仙力，再這樣下去，她的指頭真的會被咬下一塊肉。

臨行前，她隨手捏了法訣，丟出一個假分身放在莫殤房裡，裝成在床上睡覺的模樣。

晚風習習，街上燈火零星，酒樓小鋪幾乎都已關店，偶有熱鬧的歡聲笑語飄出，為這寂寥的夜晚添了幾許歡騰。

冥嫿抱著莫殤走在街上，找著小吃店鋪的同時，也順便欣賞起本地的風俗民情。她常年處在陰間鬼界，人間景象大多是透過冥王殿內的人世鏡觀看，很少上來。實際走來，還是跟看鏡子感覺不同，面上難掩新奇之色。

「大人啊，你想吃什麼？」冥嫿路過一家酒樓，想也不想地避過，直往後頭小巷的小攤販過去。酒樓裡菜色也許較多，但酒氣也重，對孩子不好……

她不知五歲的孩子該吃什麼，又該怎麼吃……但她又不能找人求救。

想到這裡，冥嫿再度嘆了口氣。

「小姑娘，這麼晚了，怎麼還一個人在街上走？」

聞聲，她止住了腳步，看向身旁出聲的人。

那是位穿著簡單布衣長裙的大娘，溫和慈祥的面龐上有著關切，身後是一間木棚搭起的小鋪。

「大娘，我、我弟弟餓了，我上街來給他找吃的……」冥嫿也不怕這大娘心懷惡意，側過身子，讓她看清懷裡的小人兒。

這個大娘看起來生過孩子，也許可以解救一下自己？

估計她得照顧莫殤到對方大了、可以歷劫了她才能回去，在那之前，她應該會在凡間待個好幾年，她得學會照顧小孩。

「這樣啊，要是小姑娘不嫌棄，就進來讓大娘替你們煮一頓。」大娘聽到她這樣說，又看她素衣布裙、孤身一人帶著孩子在街上走，以為冥嫿是哪戶貧苦人家的孩子，餓了在找東西吃。

冥嫿搖搖頭。「不嫌棄不嫌棄，可是……」冥嫿低頭看了眼仍然專心咬著她手指的莫殤，不太確定他要不要賞臉。

大娘誤會她的意思，以為她身無分文無法付帳，連忙說：「沒錢也不要緊，妳弟弟還小，別餓著他了。」接著憐憫地看了含著她手指不放的莫殤一眼，覺得這對姊弟真是可憐，都這樣柔弱瘦小，是餓了幾天沒吃飯啊？

順著大娘的視線看，冥嫿暗想方才幻化出的虛像有些瘦弱過頭了，竟讓對方誤以為自己出身貧困人家。

冥嫿朝她一笑。「那就先謝謝大娘了。」

「別客氣、別客氣，先坐啊，一會就好了。」

冥嫋隨意揀了個角落，將懷裡的莫殤抱到椅子上坐好。

「大人啊，可以把手指頭還給我了嗎？等等就有飯吃了，別咬了好不好？」冥嫋輕哄。

眼前的孩子專注地盯著她，眨了眨眼，口中的牙齒又咬了兩下。

冥嫋想哭。

有話說不清的感覺好無奈，偏偏又是自己造的孽，她只好放任右手指頭繼續被他咬。

看著孩子有些黯淡的小臉，冥嫋想起在孟婆亭發湯給他的那一幕。

他的原身高挺偉岸，臉龐冷然清俊，只是脣抿眸斂，周身便散發一股生人勿近的肅殺之氣，縱然容貌再俊美無害，想要靠上前，卻也要掂掂斤兩。

她本以為，她見過的東海龍王太子相貌已是極好，卻不料這人的容姿猶在他之上，而他那隻遞碗接湯的手細如羊脂白玉、乾淨修長，實在讓人難以想像，那雙手曾染無數血腥。

就是因為他的氣質容態太過特殊，她才會一時看呆走神，鑄下大錯……

「小姑娘啊，我瞧妳弟弟這樣瘦，就在米粥裡給他加了點碎肉末，妳趕緊餵他吃吧，別餓壞了。」大娘先是端了一碗熱騰騰的小米粥，而後又端來一碗湯麵，冥嫋看著那碗湯麵，有些不明所以。

「大娘，我不餓，所以……」她其實沒有這麼可憐啊……還是她這副樣子長得太可憐了？冥嫣默默的想。

「哪有不餓的！看妳弟弟都餓成這個樣子了，妳抱著他走了不少路，吃點也好。大娘說不收錢就是不收錢，不用擔心。」大娘聽冥嫣這樣說，當下更憐惜她。

可憐這孩子，不過八、九歲，就要帶著這麼小的弟弟，將來別說婆家難找，連找差事都怕有困難。

冥嫣只好點頭接受，陌生人的善意讓她心頭暖起，朝對方甜笑。

「多謝大娘。」

「妳慢慢吃，大娘先去招呼客人。」

說話間，前面陸續有人進來，吆喝著要點菜，大娘便去忙了。

冥嫣坐在角落，身子背對外面，隔絕了不少視線，也多虧夜色昏朦，燭光微微，不那麼顯亮。

不理會前面的喧鬧，冥嫣專心的跟咬著自己指頭的小祖宗講話。

「大人，有米粥哦，我們來吃米粥好不好？」冥嫣用左手舀了一小匙米粥遞往小莫殤脣邊，在他眼前晃了晃，想用香氣吸引他。

小莫殤聞到食物的香氣，張開了嘴，可兩隻小手還是抓著冥嫇的手掌不放。不過能得到這樣的成果，冥嫇已經很開心了。

吹了吹調羹內的米粥，她餵了他一口。

隨著冥嫇小口小口的餵，小莫殤也小口小口的吃，她邊餵他吃，邊擦去他嘴上殘渣。

看著他這副樣子，冥嫇竟然忍不住鼻頭一酸。

這麼可憐，跟他的原身完全搭不上啊……可是，不得不說，就連入世歷劫，他的皮相也還是很好看。

若是小心養著，成年之後應該會是個英俊的將軍。

只可惜……

看他這可愛幼小的樣子，想起自己的錯，她又是一陣內疚。

「我會照顧好你的，一定會把你養得風流倜儻玉樹臨風，天上罕有地上僅有——你說好不好？」冥嫇朝他笑，只可惜小莫殤一點也不買帳，只眨著眼睛看她，無辜的眼顯然在表示聽不懂。

冥嫇也不在意，自顧自地繼續說：「大人，我以後就叫你莫殤，你叫我嫇兒，好嗎？」

小莫殤吃飽了，看著冥嫣笑了。「啊唔啊……」

因為他發出的音節有點像是在說「好不好」，所以冥嫣再一次問道：「好不好呀？好不好？」她一把抱起他，覺得男孩真是越看越可愛。

「啊、唔。」

「好乖。」聽他應答，冥嫣揉了揉他臉頰。「那叫一下我的名字，嫣、兒……」一字一字吐得極慢，她耐心的教他。

「咬、唔……」

「不是不是，是嫣、兒。嫣、兒。」又重複了兩遍，小莫殤好像聽到什麼好笑的事，咯咯笑了起來。

「咬咬、咬咬！」

「不是咬咬啦……」

冥嫣無力，後恍然地伸出指尖往他額頭一點，注入一點靈力，又咬字重唸一次名字：「嫣、兒。」

莫殤眨了下眼睛凝著她，似在疑惑她的舉動。

「咬咬！」

那雙小手忽地擺動起來，整個身子在冥嫣胸前鬧騰，冥嫣又花了好一陣子才讓他冷靜下來。

「是嬈兒啦……」冥嬈要哭了，難道莫殤這痴傻的狀態，連用靈力溝通也不行嗎？

「咬咬、咬咬——」好像是不開心冥嬈硬要糾正，本來安撫好的小人兒又掙扎著要鬧，冥嬈沒辦法，只好順著他。

「好好好，咬咬就咬咬，就嬈嬈吧我認了……」冥嬈抱著他，拍了拍他的背，又無力地想哭。

嗚嗚嗚，她現在只希望這傻病有救啊！不然堂堂一個威風凜凜的戰神，變成這樣能看嗎？

第二章

雖然留在人間看顧莫殤，但大多時候冥嫣都隱去身形，一邊陪他玩耍一邊留意他的狀況。

還好照顧他的僕人一直將他丟在院子裡不管，只偶爾餵他吃飯，所以她從未被發現過。

今日冥嫣跟坐在地上的莫殤玩堆石子，他正好堆成一座小山，不知想到什麼，隨手拿了塊石頭，朝旁邊一丟——

院子裡放了一張石桌，還有五張椅子，莫殤丟出去的那顆石頭，恰好丟中其中一張石椅——石子嵌進椅子一半。

冥嫣錯愕地瞪著莫殤，只見他更歡喜地抓起一顆石子，打算再丟一次。

她連忙拉住他的手。「不可以！不小心丟到人會死的！」天啊，一個五歲的孩子怎麼可能會有這麼大的手勁，被人看到還不當妖孽處理掉？

莫殤自然是聽不懂的，眨了眨眼，想要用力，卻感覺手腕處有一股力量扼住他，不讓他動。

他瞬時就不滿地胡亂掙扎，仰頭放聲大哭。

庭院滿是哭聲。

彩環恰好從前院回來，聽到莫殤哭聲便走過來看，只見他高舉一隻手，對著面前零散的小石子號啕。

她皺眉走近，神情有些不耐煩。「你這又是怎麼了？」邊說話邊伸手去抓他的手，想看他抓了什麼。

冥嫿見彩環伸手過來，一時間不曉得是該放手還是不放手。放了，莫殤若是揮手，可能會打傷對方，不放又……

思忖了下，她鬆開莫殤的手，眼神卻緊盯著他，心想只要小孩一有動作，她便立即出手。

莫殤沒了箝制，便停住哭聲，卻似覺得奇怪的看了自己的手，彩環也握住他的手查看。

突然被人握住手腕，莫殤一怔，像是在疑惑觸感怎麼跟剛剛不同。

抬手一舉，彩環竟生生被他扯往前一步，猝不及防地腳步不穩，眼看就要往莫殤身上壓下去——

不過眨眼瞬間，莫殤的手往旁一揮，彩環的身子驟然轉向，往旁邊飛了出去！

未料會被一個孩子給丟出去，她驚聲尖叫。

「啊呀！」

本想看莫殤的仙力可以發揮到什麼程度，見狀冥嫿連忙伸手，以風化掌，托住彩環的身軀，但她後背還是擦上了石椅邊緣。

雖救她，但也要小懲，這等欺主惡奴，怎可容忍？

彩環背後撞了一下，難受地咳了幾聲。

她顫抖地抬起頭，莫殤對上她驚疑恐懼的眼，朝她咧嘴一笑。

那笑容在彩環看來，竟有些詭異恐怖，好似在問她：「還敢如此放肆嗎？」

她不敢直視，驚魂未定地爬起，奔出院子，一路淒喊著陳嬤嬤。

冥嫣看著彩環倉皇狼狽的模樣，無奈地瞥了眼面前朝她笑得歡悅的小祖宗。「你這身仙力該怎麼封印啊……惱死我了。」

莫殤一手舉起彩環並將她扔出去的事，並未傳到將軍與將軍夫人耳中，只因陳嬤嬤認為彩環不過信口開河。

小少爺不過五歲，如何能一手將彩環扔出去？別說不可能，就是有可能也不能亂說！

誣陷主子可是大罪，豈容她隨口胡謅？

若是傳到夫人耳裡，還不知會受到怎樣的懲處。

陳嬤嬤再三叮嚀彩環不得再說出這樣的話，此事不了了之，而彩環自此之後，卻不敢靠近莫殤了。

看著彩環扔下飯菜，也不餵莫殤吃完再走，坐在一旁的冥嬿見狀，忍不住冷哼一聲。

就這點出息，還想欺負主子？

莫殤坐在榻上，軟小的手伸進棋簍裡，抓了一把白子丟到棋盤上，棋子撞到棋盤發出一聲聲脆響，他咯咯地笑了起來。

接著他又抓一把黑子，再次如法炮製。

怕讓他玩石頭會像上次那樣，冥嬿便陪他在房間裡玩棋子，怎麼想棋子的殺傷力都比石子低很多。

「別玩了，我們先吃飯好不好？」冥嬿走下長榻，幫他拿飯，坐在他面前挖了口飯餵他。

莫殤咀嚼沒幾下，飯菜就掉了下來，冥嬿伸手接住，用調羹切細後再餵他吃。

他不太會咀嚼，吃飯時總是會東掉西掉，只有少數飯被吞下肚，她試了幾次都是這樣。

於是下一口飯沒有餵進莫殤口中，而是她先處理過後再餵給莫殤，這次莫殤嚼了幾下就嚥下去了。

餵完了飯跟湯，替莫殤擦嘴的時候，冥嫇盯著他的唇，忽然有點不好意思。明明面前的是個孩子，又不是高冷秀美的戰神，冥九嫇妳嬌羞什麼啊……

小莫殤不懂她的糾結，嘩啦啦的把棋子扔到棋盤上，然後拿起棋子隨處丟。

冥嫇無奈，只好動用法術，將他扔出的棋子在半空中收回。

照他這樣亂丟，要不多這些棋子不是碎光就是會摔滿地。

又鬧騰一陣子，莫殤小臉上終於有了倦意，身子要歪不歪地左右晃了晃。

冥嫇趕緊把他抱起來，他順勢窩在她頸邊，漂亮的睫毛掀了掀。

養了幾日，莫殤原本乾癟瘦小的身體比之前稍微圓潤，更顯他容貌秀美，精緻白透。

「莫殤睏了呀，我們來睡覺好不好？」

莫殤小手環上冥嫇的脖子，一手捉住她一綹髮，沒有回答她，只往她頸項蹭了蹭。

這樣自然依戀的小動作，莫名地軟了冥嫇一顆心，她抱著莫殤在房裡繞圈走，一手輕拍他的後背，輕輕地哼著歌。

莫傷睡著了，而冥嫇垂下眼，在小孩的髮頂落下一吻。

無論如何，你還有我。

莫殤單手就能把人抛出去，冥嫣思忖了半晌，覺得還是早日讓他恢復神智較好，畢竟他的仙力沒被漱靈湯洗整過，就算經過了輪迴井，他本身的力量還是大她太多。

目前她只能封印他部分神力，剩下的要靠他自己控制……

看來，她必須回黃泉一趟找解藥，好讓莫殤不再痴傻無明。

冥嫣坐在床榻邊凝視小孩的睡顏，沉頓了一會，最後在他體內留下一道禁制。

「小祖宗，我留了禁制在你身上，讓你可自保又不至於傷人……我這一走不知何時回來，你可要好好等我呀。」

床上小人兒的小臉旁清俊雅麗，透窗而進的月光淡薄地映在臉上，更顯他膚白如玉。

她情不自禁地伸手去摸他的臉，俯身在他額上落下一吻。

「不管有沒有解藥，我都會回來陪你的。屆時……你可別忘了我啊。」忽然想起在鬼界時，輪迴的魂靈說過，小孩記性不好，小時黏人，長大了可就什麼都不記得，冥嫣便覺得不甚放心。

又扔了個法術在他身上，她這才滿意地起身離開。

幽冥鬼界的孟婆姥姥素來以孟婆湯為世人所知，但姥姥除了熬湯，也會一些醫術。

孟婆莊內有藥圃栽種藥草，孟婆閒暇之餘也會煉製丹藥或是藥水供鬼使用。

冥嫣身為孟婆莊常客，藥房裡的擺設她相當清楚，於是一人進了藥房，在滿櫥櫃的瓶瓶罐罐前找尋。

姥姥是輪迴者記憶的掌管人，消卻記憶的孟婆湯是她所熬，恢復記憶的草藥也由她栽種——

也許這裡，會有可以拯救她失誤的妙藥！

「要是能拿到那種丹藥，神君此世的痴傻就能好轉，教他控制神力也會變得簡單得多……」左手拿起一個青花瓷瓶轉了轉，看了眼標在瓶身上的註記，她又轉頭去拿後方的墨黑小瓶。

「是哪個？姥姥最喜歡墨色了……也許是這個？」冥嫣喃喃低語，隨後又想到這事非同小可，便倒過來耐心確認瓶底的註記，然後看見小楷寫著——

憂復憂。

這是怎樣慘絕人寰的丹藥！到底是怎樣的深仇大恨才要讓人憂煩再憂煩？簡直斷人生路啊這藥！

冥嫣抓著墨色小瓶，猶豫的瞪著它。「不知道能不能期待這東西……」沒有將藥瓶放回去，她繼續翻找，這個櫃子找畢後，又移到了隔壁。

突然，一只繪花的紅豔瓷瓶躍入眼底，上頭繪著墨色的彼岸花。彼岸花的花香有勾人前生記憶的效用，憶起關聯，冥嫣立即將瓷瓶拿起來，翻到瓶底看——

憂不復。

看來應該是這個？指尖輕觸瓶底，旁邊平空浮出一段註記文字，冥嫣仔細看過，停留在最關鍵的幾字上——

飲忘憂湯者若悔，可服。

就是這個！

冥嫣大喜，將丹色瓷瓶收進懷裡。本要將另一只墨色小瓶放回去的手收了回來，最後兩瓶一起拿走。

旋身一轉，冥嫣便原地消失。

因為找藥花了點時間，冥嫋回到人間前時已夜幕低垂。

莫殤之前住的院子沒有半個人，而且看起來已經許久沒人收拾了。

冥嫋皺眉，隱身在府裡走動，想順便探聽一下現在的莫府到底是什麼情況……莫殤不在原本的院子，是被接回去了嗎？

念頭甫一浮現，她便閃身前往將軍夫人的院子而去，直到感應出莫殤的氣息後，才停下腳步。

青石小路後的圓形拱門處，忽地傳來驚叫聲。

「呀！」

「快保護夫人！」

冥嫋一驚，連忙往聲音源處跑。

五、六個婢女、嬤嬤尖叫著擠成一團，保護裡面的人不受傷害。

視線巡過一圈，她的目光停在迴廊上。那裡站著一個孩子，雙手揮舞，清脆的笑聲咯咯不停，他前方不遠的地上，癱倒幾個四仰八叉的小廝，庭院裡也到處是東倒西歪的景象。

只消一眼，冥嫣便已猜到大概。

莫殤體內的神力，隨著年歲漸長而逐漸顯露，她離去前雖壓制住他的仙神之力，但他仙體凡身，仍舊力大無窮。

早前莫殤還小，又有她在身旁管教，所以差異並不明顯。而她去黃泉的這段時間，顯然他已靈力暴漲，並非是她當初的禁制就可以控制的。

而莫殤此時沒有神智，自然控制不了行為。

冥嫣擰眉，朝他膝彎彈去一指；莫殤突然遭襲，身子頓時軟倒在走廊上。

「殤兒！」被婢女、嬤嬤保護起來的將軍夫人見莫殤倒地，拔腿跑了過去。

「夫人！」婢女們驚叫，看著主子將莫殤抱起。

「殤兒乖，讓娘看看。」將莫殤抱入懷中的女人安心地鬆口氣，握住兒子的手，不讓他再亂舉手。

不給他抓東西，就不會被他丟出去。

莫殤在將軍夫人懷裡不安分的扭動，冥嫣伸手一點，他頓時安靜下來，乖順地任母親查看。

將軍夫人低頭看著懷中的孩子，五官精緻秀氣，肌膚白皙如玉，活脫脫一個玉雕而成的人兒；可恨他出生前遭難，落地後又神智不明……

將軍夫人心痛的泣嚀，又將莫殤抱進懷裡。「殤兒，娘親和你父親，真是沒有辦法了……」

沈嬤嬤吩咐下人將東西收拾好，走到將軍夫人身邊。「夫人，您別傷心。將二少爺送到別館去，雖是沒有辦法的事，但未必就壞。二少爺這副樣子，要是繼續在府裡待著，日後將軍府非但護不了他，還有可能遭禍啊！」

她說的這些，將軍夫人何嘗不知？莫殤兩歲便被大夫診斷神智未開、痴傻不明，如今卻單手就能將成人舉起……

天生痴傻又懷有這等神力，就是一般人家也會當成不祥之兆，更何況他是將軍之子——

若是傳出去，說得輕些，是將軍殺孽太多，此為因果輪迴；說得重些，就是妖孽魔物誕生，要禍亂國家命數！

不論是哪個，他們都承擔不起！

夫君想趁殤兒還小尚能掩蓋的時候，對外宣稱他胎中帶病、身體孱弱，將他送到別館去養，並派信任的下屬前去保護他……這種種苦心，她又怎會不知？

只是她憐這孩子年幼就要離開雙親，此番前去，也不知是否能安然長大。

「妳所說之事我都明白，只是……」

城外別莊有下人打理，莊子內能自給自足，若不刻意傳遞消息，那裡的動靜的確不易被外人所知。

或許，這樣才能好好保住莫殤。

「夫人，您的憐愛之心，二少爺必會懂得。將軍說，他已安排好了，三日後就將二少爺送到別莊去。夫人挑幾個信得過的丫頭陪著二少爺一塊去，若是不放心，讓人定時傳信回來便是。」沈嬤嬤是將軍夫人的陪嫁嬤嬤，從小看著她長大，只消一個眼神動作，就知道對方意思。

將軍夫人瞥了沈嬤嬤一眼，嘆道：「殤兒一旦發病就會傷人，這府裡已被他傷了不少丫頭小廝，照顧殤兒之人又不能來路不明……家生子裡，可有適合的？」

沈嬤嬤已聽懂她的意思，夫人這是要不留把柄。

為了杜絕府裡的僕人被收買，繼而供出將軍府消息，只能用家生子，但能否從中找出個機靈乖巧、合乎心意的人，又是另一回事。

「奴婢去告訴總管，讓他從裡頭先挑幾個，夫人再親自選過如何？」

「嗯，去吧。」將軍夫人擺擺手，將此事交給沈嬤嬤，起身牽起莫殤的手，將他帶回房間裡休息。

一旁的冥嫣看著他們離去的背影，半晌也抬步跟上她。

要將莫殤送出將軍府……倒是個好機會，可以讓她由暗轉明，光明正大地陪在他身邊。

到時，她便可以讓他吃下解藥，減緩痴傻的症狀，然後將他體內仙力封印大半，再教他控制使用。

待冥嫿走到他門前，屋內已漆黑，想來是莫殤過於倦累，直接被哄睡了。

將軍夫人沒有待在房裡，而是留了兩個丫頭在門外守夜。

冥嫿穿門而過，進房後坐在他床榻邊上，抓起他手腕把脈。

「養得還不錯……只是體內靈流有些亂。」她蹙眉，就著號脈的姿勢替他將體內的靈力梳順，導成一道，不讓仙力分成多股，在他體內橫衝直撞。

之前留在他體內的禁制，已被他逐漸升漲的神力撐碎，冥嫿重新在莫殤體內下了一層禁制，確認壓住他洶湧的仙力後才鬆開手。

完成這一連串動作，冥嫿額前也起了薄汗，面龐有些蒼白。

「當初若沒被接回來養，你身上的神力也不會暴漲這樣快……不過罷了，我回來了，接下來會陪著你一起控制它。」想了想，她又小聲問：「要是一切順利，待你歷劫完滿之後，能不要追究我的過錯嗎？」

喃喃低語完，她想起孟婆亭內，接過藥湯喝下的神君風姿。

沉而有鋒，冷冽俊美——

冥嫣心裡忽然有些沒底。

……好吧，她也不奢求其他了，只求能夠留下命就好。

昨晚聽到消息之後，冥嫣便花了一個晚上布置。

說來也巧，她剛離開莫殤房間不久，便在一座院子旁的小道暗處，發現某個倒地不起、不再吸氣的小丫頭。

彼時小丫頭剛死，魂體站在軀殼旁邊，乾淨的小臉顯得有些茫然——正好與她對上眼。

冥嫣與她聊了幾句，才知對方從小身子就不好，就算好好調養也不知能活多久，後來父母雙雙去世，剩她一個在府裡。

今日，她終是因過度勞累熬不過，在回房的途中暈過去、死了。冥嫣答應替她下葬，並為她指路黃泉，讓她去投個好胎，但要借用她的身分。

小丫頭大方的答應，謝過冥嫣後走了。

冥嫣便替了這個女孩。

用靈力讀了一下這軀殼的記憶，半晌她便帶走對方的屍體，在城外找處不錯的地方埋了。

隔日一早，冥嫊便扮成小丫頭的模樣前去寧華院，還好小丫頭年紀不大，只約莫十歲左右，過幾年若變了容貌，也不會有人起疑。

總管接了夫人的命令，便把府裡的家生子中挑了一輪，挑揀過後，剩下五人站在將軍夫人面前。

夫人坐在院外的石椅上，莫殤則在一旁玩耍，他一邊跑，婢女就在他後面一邊追。

冥嫊和其他四人站成一排，跟著低眉垂首，眼光卻不由自主地追著莫殤，感嘆他體力實在旺盛，連將軍夫人說了什麼都沒細聽。

「……那麼明嫊妳呢？」

什麼？問她什麼？

明嫊是小丫頭的名字，那麼巧，跟她只差一個字。

冥嫊臉上飛快閃過一抹茫然，正想著要如何解圍，莫殤似乎是發現院子裡有熟悉的氣息，從小山那頭跑了過來。

「哎、二少爺慢些──」

「殤兒！」

將軍夫人上一瞬正為冥嫣走神而擰眉，下一秒就見莫殤撲到冥嫣身上。

突如其來的飛撲，雖沒有撲倒冥嫣，但少不了一聲低呼。

冥嫣此時只比他大兩歲，身量差不多，這一撲頓時顯得有些過分親暱、不合禮教——

但沒有人出言喝斥，因為他本身就神智不明，又如何明白男女授受不親？

將軍夫人見莫殤雙臂抱著冥嫣的肩，將她整個人合抱進懷，連忙差婢女上前拉開他，自己也上前將他牽來坐下。

只是小孩的目光仍緊緊黏在冥嫣身上。

見了他這樣，將軍夫人還有什麼不明白的？莫殤從小就甚少表達喜怒，甚至他也沒有什麼愛好，對任何事物都是靠著一股子新奇，過了就沒了。

雖不知他對眼前的明嫣為何起了在乎之意，但總比不能近他身的婢女好。

五歲那年，她將他接回身邊養，他就不讓陌生的人靠近，有時心情不好，別說生人，連她這個母親親近也不行。

她正為此煩惱，恰巧明嫣出現了。

「既然少爺挑好了，其餘的人就不用了，都下去吧。」將軍夫人揮退其餘四人，本坐在身旁的莫殤又跑到冥嫿身側。

「是。」四人先後應聲，一起退下。

夫人見狀，心下有些奇怪，卻也沒有要出手將莫殤拉回來身邊。「明嫿，既然二少爺選了妳，從今以後他就是妳的主子，妳要好好照顧他。」

冥嫿沒有掙脫被莫殤拉住的手，乖順地應聲：「是，奴婢定會好好照顧少爺，不讓少爺受半點委屈。」

「嗯。」夫人滿意地頷首，又道：「明日許師傅也會跟你們一塊出發，許師傅只負責教習少爺武藝，其餘事務有專人打理。」

「奴婢曉得了。」

「去吧，順道讓我的丫鬟跟妳說些少爺的習慣，今晚妳就住下，待明日好跟少爺一同離開。」

「是，奴婢必不負夫人交託。」

女人聞言，臉上的表情這才柔和了些，她淺喟：「是個懂事的。既然如此，我就把少爺交給妳，若是少爺有個好歹，妳也不用回來了。」

「是。」冥嫿斂眼，乖巧地應答。

大丫鬟走在前頭領著兩人，渾不知後頭牽著莫殤的冥嫿面上帶笑，看起來毫無異樣，暗地裡卻不知已壓下多少次莫殤的仙力。

……真是個不安分的主。

「這就是少爺所居的院子，妳今晚就住這裡，待明日一早就同少爺一道前往別院。」她指著前方。「那是二少爺的屋子，妳的則在那邊。這院內還有兩個丫頭伺候，一會兒妳先將少爺交給她倆，將妳的東西收拾好後過來找我。」

「是，多謝姊姊。」

「不用客氣，若有不懂的問她們就是。我先回去覆命了。」她滿意地看著冥嫿柔順聽話的模樣，又瞥了眼兩人緊握的手，微微一笑。

「有勞姊姊。」

待丫鬟離去後，冥嫿才鬆手，哀怨地瞅著莫殤。

「本還不明白神君您相貌生得好，怎麼就沒娶親，原來是因為個性凶悍……」捏了捏被他神力衝撞而泛紅的掌心，冥嫿又嘟噥：「真不記得我啦？小時候明明那麼黏人的，那時多可愛呀……」

也不管他聽不聽得懂，冥嫿竹筒倒豆子似的說：「我這也是為您好呀，您的身體還小，別說一半的神力，就是三成也未必能承受。為了不讓您受傷，小女子才出此下策。」

莫殤似懂非懂。從沒有人被他抓住後卻甩不出去的，所以他分外認真的盯著她。她也不理會小孩的沉默，反正他在吃藥之前都是傻兒，各種反應都較同齡孩子弱很多，只自顧自地說下去：「接下來小女子會陪在神君身旁照料，聽任差遣，您配合些，咱們即可相安無事……」

趁四下無人，冥嫿從懷裡掏出紅花瓷瓶，將裡頭的藥倒出來。「吃了藥，您的神智就會開了，然後……等等，為什麼只有半顆？」

看著躺在白皙掌心的漆黑藥丸，本來應該是圓潤的球狀，如今只有一半。冥嫿錯愕的瞪著，忽覺內心有萬馬奔騰、狂風大浪。

沉頓了半晌，冥嫿默默地閉了閉眼，恍若下定決心似的。「算了，橫豎就是多待一些日子，反正都告假了，不怕。」安慰完自己，她又抬眸看向莫殤，丟了個法術定住他的身子，掐住他下頷，讓他把那半顆解藥吞下去。

強迫人吃藥或喝湯這種事，她在地府常做，這會動起手來一氣呵成、毫不拖泥帶水，讓他連卡住的機會都沒有。

莫殤不知發生何事，身體被定住就算了，連聲音也發不出，他害怕地瞪著冥媱。

她朝他乾笑，雙指併攏，點上他額面。「您若不棄，叫媱兒就是。這一切種種都是為了您好，請饒恕小女子無狀。」

NINTH PRINCESS OF
HADES

第三章

翌日一早，天還未亮，出行的馬車就已經等在門口，將軍莫崢和夫人又囑託了一番才讓馬車啟程。

莫殤和冥嫿坐在馬車裡，負責教導莫殤的許師傅則騎馬，跟著一起往城外的別莊。

許斤是從莫家軍退役的軍人，在軍中素有武痴之名，身材魁梧、力大無窮，莫崢便是想讓他教導空有一身力氣，卻不知如何控制的莫殤。

雖也不知莫殤有無辦法好好學習，但有許斤在，至少能看住他，不讓他恣意傷了別莊裡的人。

許斤只要每日固定一個時辰去教莫殤，剩下的時間他可在別莊的武場內練習。

馬車駛了近一個時辰才到城外別莊，徐管事早收到消息，這會兒領著一干奴僕在門外相迎。

馬車停下，冥嫿率先下車，招人取來小梯，才扶著莫殤下去。一旁的徐管事朝許斤招呼幾句，便讓僕侍先領他去休息。

徐管事雖知莫殤神智不明，卻沒有輕視怠慢的意思，老實的給莫殤行禮，然後對冥嫿道：「夫人已交代過，今後妳就是少爺身邊的大丫頭，只要看顧好少爺就行，剩下的事自有他人去辦。若是有需要，可差人來報，找我也行。我這就帶妳去少爺的院子。」

冥嫣對徐管事的態度非常滿意，臉上揚起稚氣的笑。「多謝徐管事。照顧少爺是嫣兒本分，我也只是個婢女，擔不得管事尊稱，您直接叫我『嫣兒』就是。」

「好，那今後便這樣喚妳。」徐管事也不多說，招了兩個婢女跟在一旁，就領著兩人往院子走。

期間，他不著痕跡地打量冥嫣和莫殤。

莫殤吃下半顆解藥之後，不消一日，便已如同齡的孩子般，能聽懂人話了，神智雖無法立即恢復，但冥嫣不急。

徐管事收回目光，心道：這丫頭的確頗得少爺歡心……據夫人所言，之前沒有誰可以這般親近他。

莊園不同於將軍府，雖造景不少，卻是依此處的風韻打造，並未有太多精細的刻畫雕琢，寫意的山水，悠然立世。

莫殤和冥嫣居住的承江院占地不小，院子栽有花草，還有小型的練武場，方便他與許斤練武切磋。

「這裡便是承江院，這院子裡主子不管的事務都歸妳管，要添些什麼，妳派人來通知我一聲就是。每日都會有人送膳。」

冥嫿頷首，在莫殤耳畔附近細語，他似懂非懂，沒有說話。

她覺得這樣很不錯，不受人打擾，又有十足的空間可以活動，越少人伺候，她就越好辦事。「有勞徐管事了，少爺的狀況特殊，確是越少人在越好。」

想來將軍夫人也是有了這層考量，才會特地吩咐徐管事，在兒子身邊就留她一個人。

徐管事點頭，只道：「妳一個姑娘難免有些不便，辛苦妳了。」

「不辛苦，能照顧少爺是奴婢的福氣。」

「那我讓這兩個丫頭給妳帶路，有什麼問題就問她們，我先去忙。」

「多謝管事了。」

徐管事受了她的禮，對兩個婢女交代不許怠慢之後便走了。

兩個婢女待徐管事走後，一左一右上前介紹自己。

「奴婢青山。」左邊的婢女道。

「奴婢是綠水。」右邊的道。

冥嫿頷首，朝兩人笑道：「那就麻煩兩位姊姊，帶我和少爺熟悉一下環境吧。」

「妹妹客氣了，這就隨我倆走吧。」

青山和綠水帶著冥嫇和莫殤走了一圈，眼看快用午膳，兩人便先退下去準備，而冥嫇和莫殤在來時的馬車上就已用過早膳，待兩人退下，她便將莫殤拉到院內的亭子坐好。

「來，我先看一下。」冥嫇在他身側落坐，執起他的手把脈。

半粒解藥應該在今日就會完全起作用，今日過後，他應至少能恢復一半的神智。

「莫殤，你別總是想要使用體內的力量，這樣我得一直花靈力去壓制它……你現在的身體承受不住。」

不過今天他突然說話了。

大多時候她都是習慣性的呢喃，雖是說給他聽，但沒想過對方會回應。

「……不舒服。」

冥嫇一怔，有些反應不來，臉上的表情便呆住。

稍嫌稚氣的嗓音，卻有清冽的低韻，他說這話的時候，語氣微帶哀怨委屈，融合起來有股奇妙的撒嬌味。

「不舒服。」沒理會她的沉默呆怔，莫殤又說：「拿掉它。」

冥嫣回過神，朝他搖頭。「不行！你的靈力在體內分成多股，不斷橫衝直撞當然會不舒服，我花時間幫你導成一股壓制下來就是。剩下的一半，我已暫時幫你封印了……」

「解開。」他皺眉，顯得有幾分孩子氣。

「不行。」冥嫣堅決地搖頭。「你現在的身體控制不了，要是我解開，你會承受不住，筋脈爆開而死。」

「沒有辦法嗎？」他擰眉，清麗眼眉帶有一絲稚嫩，看起來十足苦惱。

彷彿在他此刻的眼眉中找到初見時的輪廓，冥嫣臉色稍緩，語氣也柔和幾分：「我先幫你梳理靈力，再教你控制它，你只要將它與身體的靈脈融合，便不會這樣不舒服了。將軍為你找了師傅，他會教你武藝以及吐納之法，雖然不是你本身所習，應該也能用。」

「你別這樣看著我啊，我真沒騙你。」冥嫣默了下，又說：「少爺，你如今記得多少？」也不知恢復了多少，現在他這樣，應該有五歲心智？

「不知道……」順著冥嫣的話去想，卻不知想到什麼，他的眉尖有一瞬蹙起，復又鬆開。「記得吃飯飯，還有……咬咬。」

冥嫣本來提起的心頓時沉下。對方說不知道的時候，她確實鬆了口氣，畢竟當初她想著他痴傻，可能聽不懂，叨叨絮絮地說了很多……可聽到後面說他記得她餵他吃飯，她又吊起一顆心。

「我明明是說『嫿兒』，是少爺你硬要叫我『咬咬』的。」她哀怨地瞪著他。

莫殤眨了眨眼，也不曉得有沒有聽進冥嫿的話。

冥嫿忽然覺得有些不妙。

她一臉戒備，一副「你在打什麼主意」的表情；也許是第一次見到這種臉，小孩不禁勾起一抹淺淡的微弧，緩緩地笑了。

這天，午時的陽光不烈，穿透層層綠葉，壓過亭上垂簷落在他身上時，彷彿為他鍍上極淺的金光，將他整個人圈圍在內，對應他脣邊的微笑，顯得俊美而清雅，秀麗而明媚——

明明是還未完全長開的容顏，卻令冥嫿的心跳，在剎那間落了一拍。

「咬咬。」

她心湖泛起漣漪。

因莫殤的狀況已好轉，冥嫿就不用像之前那樣餵他吃飯。

冥嫿在涼亭內布完菜，把筷箸遞給莫殤，卻忽地想到他可能不會用筷子。畢竟之前都是靠她餵飯，也不知有沒有人教過他？

「會用嗎？」冥嫿走到他身側，自然地抓起他的手，把筷子放入他手心，替他擺好姿勢。「像這樣，然後把菜夾起來……」

示範完，她轉首看他，而他也盯著她看。

呃……

莫殤又盯著她看了一會，默默抽回自己的手，動作有些生澀的學著夾菜。

冥嫿有些明白了。

「少爺原來是會的嗎？是我多事了——」

不用她手把手的教，他會自己看著學。

冥嫿走到對面的位置坐下，把動作放慢了些，卻不讓人感覺到刻意。

她一邊吃，一邊不著痕跡地觀察他，果然小孩的動作由開始的生疏，到後面漸漸熟練。

「明日許師傅就會來教你武藝，將軍說過要他教會你控制力量。今後他便是你的師父了。」

「武藝？」觀察了一會兒冥嫿吃飯的儀態，莫殤吃東西細嚼慢嚥卻不顯女氣，帶有一派矜貴的優雅。

冥嫿想了想，有些不確定地道：「許師傅頗受將軍讚揚，應是不差。據說他愛武成痴，精於武學，或許他能依你情況授藝呢。」

似懂非懂，小孩沒有多做反應，只點點頭。

冥嫿望了莫殤一眼，試探似的問：「今天的飯菜好吃嗎？」

「好吃。」他頓了一下，回答的速度緩慢。

「那就多吃一點吧，你正在長身子。若是有喜歡的菜就跟我說，明日我吩咐廚房多做一些。」

「嗯。」

吃完午膳，冥嫿大約收拾一下，便拉著莫殤進屋。

屋內除了床榻和窗邊的椅榻外，便無其他家具擺設，想來也是將軍夫人特意吩咐的，怕兒子暴力破壞。

莫殤沒有反抗，任憑冥嫿拉著走。

她將雙手按在他肩上，讓他在椅榻上坐下。

「你累不累？不累的話我給你說故事，或是我們去繞莊子走一圈，熟悉一下環境？」

他不太明白女孩這樣的舉動是什麼意思，卻又隱約知道她是為了什麼。

「聽故事，在房裡。累了，休息。外面走，不方便。」

他這一席話說得斷續，但也將話意表達了，而這一句，也徹底證實冥嫣方才的猜想。

他的神智長年不明，就算吃了藥也不會馬上恢復完全。

她猜想，他應是可以說話，但沒辦法像常人一樣表達，就連肢體動作也還無法跟一般人一樣自然。

但這些比起之前，都已好了太多。

她可以慢慢地、不著痕跡的，以唸故事或讀書的方式說給他聽，進而讓他用另一種方式學習適應。

比起教一個什麼都不懂的孩子，這樣程度的孩子她教起來簡直不費力。

「好，那我們就來讀故事——」冥嫣心裡卸下擔子，說起這話時，就稍顯興致，但話才啟口，空蕩的房內讓她猛然回神。

……根本沒人想到莫殤有朝一日能恢復神智，所以這承江院裡沒有書房、沒有文具筆墨……

仰頭默默沉嘆一口氣，她俯首看他。「今天……暫且沒辦法讀書給你聽，我就隨便說個小故事可好？但我也是聽別鬼……別人說的，當不得真。」

「嗯。」

恢復神智的莫殤，不知是否還在熟悉周遭的一切，所以有些怯懦，但他本身對冥婼就有種依賴信任，在她面前顯得十分乖巧。

冥婼忽然有種錯覺，好像又回到他五歲那年，在她懷裡睡得香甜的那天。

「很久之前，有個書生在雨天遇見了白蛇精化成的人……」冥婼思索了下，隨意揀了個故事，因為不太記得故事內容，所以說來斷斷續續。

不知說錯多少次，莫殤也依舊好脾氣的看著她，沒有出言打斷也無不耐，倒是冥婼有些不好意思。

「呃，總之就是白娘子被和尚壓在塔下，而那書生也自此皈依佛門，忘卻他與白蛇精之間的夫妻情分……應該是這樣。」嗯，記得當時聽到這故事時，她還哭說白娘子也太可憐了……

幾百年前聽到的故事，現在記不太得也是當然的。

「白娘子，傷心嗎？」莫殤努力撐著小臉，往常這時間是他午憩的時段，這時他已昏昏欲睡。

冥婼見狀，幫他脫去鞋襪，把軟枕放到榻上，扶他躺好並幫他取來薄被蓋上。

「我想是傷心的。只是每個人各有造化，白娘子當時想不開，或許千百年之後會想開。」

「為什麼，要讓白娘子傷心？」

冥嫿坐在榻邊，俯眼望他。「或許書生也不是存心的。只是心不同，就會傷。這世上無論何處，最難求的便是同心人。」

「同心人，難求？」他已支持不住，眼簾掀了掀，差點抬不起。

「嗯，難求。」她拍了拍他胸口，放柔嗓音：「睡吧。我會守著你，好好的睡吧。」

明明腦海裡有千萬種故事，竟然跟他說起白娘子，還鬼使神差地挑挑揀揀，把好好一個故事說得七零八落，也不知莫殤有沒有聽懂。

天界仙人、地府鬼族，都有十分漫長的壽元，一生可追求的東西何其之多，故而一旦入了執念，也比凡人更加可怕。

雖然不知戰神大人當初為何下界歷劫，但憑當初發湯時的那一眼，她就覺得他的眼神和姿態過於清冷淡漠，好似這天地萬物，沒有什麼能入得他心眼。

傳聞他在九天之上被許多仙女愛慕，但他卻無意任何一位，難道此番下界歷劫，是要歷經情劫嗎？

說不準玉帝是覺得他性子太過冷清，所以想為他找個伴……

不過……一介戰神因為這樣的理由被丟下界？怎麼想都覺得是她想太多，戰神下界的理由應該更……與眾不同些？

但隨便怎樣都好，至少說完了這個故事，他詞語的表達好像比方才又好了許多。

接下來，就是尋個時間回黃泉找藥，治好他剩下一半的痴頑了。

冥嬬速速回了鬼界一趟，為了掐準時辰回來，她只來得及抓一把藥回人間熬，待莫殤起身後先餵他喝下，再伺候他洗漱。

彼時天方亮，院子裡朦朧的金霧散開，院外青山的聲音傳來，說許斤已在院內的武場相候。

冥嬬牽著莫殤往武場走，跟他大致說了下狀況，他的表情看來沒有異常，她也不曉得對方會不會緊張，仍舊安撫了他一會。

到武場時，許斤已在武場練起拳腳，想是以為莫殤不會太快過來，而且來了之後也不知能不能聽懂他的教導。

除了打發時間外，他也想著先打套基本的拳腳，探探孩子資質，若莫殤來了正巧看到，他再趁機觀看他的反應。

冥嬫和莫殤站在場外看他練拳，她認真地看了一會，心道：果然不錯。

看完了許斤，她轉首去看莫殤，只見他面上驚異，眸中甚至含有點點星光——

冥嬫了然。

他從小就痴痴呆呆，故也不能像他的兄長，到了一定的歲數就跟著父親習武，甚至上戰場。

若她沒來，或許他會空有一身武力，卻不得施展——

早前他神智未開便也算了，如今他神智漸清，對力量有所渴望也是必然的。

冥嬫尚在思忖，前方的許斤已收功，往他們兩人走來。

「少爺，你想學嗎？」許斤問，顯然沒有錯過莫殤臉上的渴望。

雖然不甚明顯，但那驚奇之中不乏追求和嚮往。

「想。」他頷首，堅定地回答。

「那……」

許斤這才瞥向一旁的冥嬫，她隨即會意，朝許斤點頭，並後退了半步。

「許師傅不用顧慮奴婢，您是少爺的師父，想如何試少爺的身手，您斟酌就是。」

聽完冥嬫這話，他有些狐疑；她讀出他臉上的懷疑，笑著對他說：「沒事，簡單的話少爺聽得懂，不是真的傻子。師傅試試便知。」

她表情一派輕鬆。

許斤見她神情篤定，遂安下心，豪爽地道：「好！那就讓我試試少爺的身手！」

莫殤不太明白要怎麼試身手，只聽話地走進場內。

「少爺不用拘束，待會我出手，你無須多想，順應本能擋下拳頭就是。」

「好。」莫殤頷首，下意識地將手握成拳狀，大有與許斤互相以拳頭較勁的意味在內。

然他一握拳，便覺力氣受到禁制，只能使出棉薄力氣。

他皺眉，眸光不覺往冥嫿望去，她接到他投去的眸光，朝他勾唇一笑。

莫殤好似明白了冥嫿的笑容，眼光頓時就多了點委屈。

這一分神，許斤的拳頭已迎面襲來——

莫殤閃避不及，下意識抬手一擋，腕處傳來悶聲，腦子在想到下一步之前，身體已經先做出反應。

手一揮，他打向許斤，對方也一拳打來，比方才的試探多用上了兩分力氣，莫殤不慌不忙，抬手一擋，僅以一個平掌就擋下他的拳。

許斤挑眉，接連兩拳被擋下，激起了他的興致，他再次出手往莫殤胸口打去。

莫殤險險避開，但被他的掌風擦過，他擰眉，抓住許斤來不及收回的手腕，一提氣就將許斤整個人翻甩在地！

莫殤看許斤仰躺在地，面上略顯愕然，忽然就笑了。

這幕有一點，熟悉。

第四章

忙碌了整天的月老，終於忙到一個段落，琢磨著該把新拿來的名冊整理整理時，卻驀然見到方才抽出的姻緣簿忘記放回去，他一怔，傾身去收的當下，又因手裡還攥著泥偶，一不小心沒拿穩，姻緣簿攤落在地——

恰恰就是最前頁，上面寫著仙界一干未有婚配的神君姓名。

月老嘆聲老了、手腳不俐落後，也沒有多想的伸手拾起，卻不經意看見玉玹神君的名字下方，浮現另一個名字——

他被嚇得趕緊把泥偶放到桌上，然後抖著心肝跟手，把姻緣簿拿起細看——什麼也沒有。

難道是自己老眼昏花看錯？月老想著，把手中的姻緣簿轉了方向。

正著看不夠，他接著倒著看，正正反反來回看了十幾遍，還是一點變化都沒見著，最後只能放棄。

或許就是看錯了。

畢竟千萬年來都深居簡出在玉玹宮的戰神——他的姻緣他沒說要，誰敢擅自把紅線安到他頭上去啊？

又不是腦子燒了！

莫殤把許斤單手掀翻一事，並未在別莊裡傳開，只是從那日起，許斤便認了這個徒弟，讓他喊師父，並傾力將授予所學。

雖然莫殤還沒辦法跟常人一樣，但就冥嫣來看，除了說話仍不甚流暢、偶爾反應慢一些之外，已不算太差。

這樣的狀況鼓舞了冥嫣。

周而復始，不覺已過去三年。

天邊夜色猶在，冥嫣已經起床。

一直以來，她都比旁人早起出門，到外面拔取特地種植的黃泉植物，熬成藥給莫殤喝，待藥湯熬好後，也差不多是莫殤起床的時間。

算好時辰，冥嫣將藥盛出，放在小廚房的灶臺上，轉身出去，經過莫殤房前，還特意放輕腳步。

莫殤如今已習武三年，再加上吃了解藥，後期也調理得不錯，耳力和警覺性完全不同以往，雖不知恢復到何種程度，她還是注意地別吵醒他。

「為何這麼早起？」

差最後一個步子就能踏入進自己房內，身後忽然響起男性的嗓音。

冥嫿身子一顫，慢慢轉過身。

他站在那裡多久了？

心裡腹誹萬千，但面上還是若無其事，她甚至勾起一抹微笑。「嗯，我睡不著，去看星星了。」

莫殤一襲素白裡衣，披著外衫，站在門前看她，聞言，抬首往天邊看去。

冥嫿也跟著看——

墨色涼夜，只有月亮忽隱忽現，並沒有星星。

冥嫿：很好，連天都要放她去死。

他已看到女孩臉上一閃而過的尷尬，卻沒有多說什麼，而是說：「妳這些年總是半夜三更就起，是去採藥熬藥嗎？」

呃……她是去弄藥沒錯。

莫殤如今狀況好了許多，而冥嫿又是他日夜相伴的人，光看動作表情，他就能判斷那代表什麼意思。

「我身子好多了，不用妳再日日熬藥。」他皺眉。心疼她如此堅持地替他煎藥。

之前說是為了讓他不再容易不舒服，所以要他日日喝藥，但師父已經傳授他內功心法，如今他將內力控制得很好，可她並沒有要他停藥的意思。

這莊裡的人都不曉得，早上他跟著師父習武術、修練內功心法，晚上他的婢女卻替他診脈調理身體——

他的狀況一日比一日好，也有她的一份力。但這承江院內，只有她和師父能接觸他，外人對他的印象還留在傻孩子的階段。

雖然人前他出現過幾次，卻沒有特意表現，就算下人看出他有些好轉，也看不出是哪裡好。

他沒有澄清之意，師父只讓他修習武術，偶爾與他切磋，其餘的並不干涉。嫿嫿也沒有在他狀況好了之後四處叫嚷，仍是安分的以一介婢身，伴他度過朝夕。

莫殤這句話讓冥嫿有些為難，臉龐上的慌亂便也藏不住。早先說那藥是因他身體不佳，所以要天天服，但如今他已能靠著修習心法來控制……的確是無需再喝。

可是……那藥主要是抑制他體內仙力用的呀！如此才能讓餘下的兩成為他所用，若是沒有藥湯，她怕他控制不住。

雖然那本來就是他的力量，可是仙之軀與人之軀豈能相提並論？

這要怎麼說呢？

「你是不是覺得藥苦？如果是，我改改方子，但是藥不能不喝。」

「不苦。」

冥嫇開口還要再說什麼，莫殤卻打斷她——

「嫇嫇，說真話。」

她垂下眼，思忖了半晌才道：「你體內的力量不是一般的內力，許師傅只覺你體相有異，所以傳授相應的心法給你。這三年來，你內功心法修練得不錯，你們都以為控制得很好，但……其實沒有。」

莫殤皺眉，顯然不太相信，可是他沒有打斷對方，而是耐著性子聽下去。

「那碗藥能壓住你體內的力量。因為你有修習心法，所以你誤以為你已經能控制好它，但其實只要停藥，等你動用內力，那股力量就會爆開——輕一點七竅出血而亡，重一些筋脈爆裂，碎體而歿。」冥嫇說完，抬眸去看他的臉色；男子好像沒有異樣，可面色比方才白了些。

「我不是不讓你停藥，只是在等你的身體可以承受、現在修習的心法更上一階、那股力量能完全為你所控。」最後一句話說完，冥嫇仰頭，直視他的眼。

莫殤的眼色沉了又黯，好半晌，這寧靜的夜裡只有兩人的呼吸聲，輕得可以被風吹走。

月光拉出的影子逐漸稀薄，天際處隱隱的紫緣已準備散開。

許久，莫殤嘆了一口氣。

「我知道了，藥我會繼續吃。」

冥嫣鬆了一口氣，朝莫殤微笑。「嗯。」

「既然是這樣，為何不直接告訴我？我已不是當初的孩子了。」

雖然冥嫣怎麼來到自己身邊，詳細情形他已記不起，但自他能記事開始，這人就陪著他，是他最親的人。

冥嫣抿了下唇道：「我怕你胡思亂想，想著是不是自己身子有哪裡不好。但其實就我看來，你只是生病……喝藥就會好的，不是你的問題。」

有問題的是她，造成問題的，也是她。

所以她不想讓莫殤感到負擔，認為是自己不夠好，所以才不被別人所喜；以為是自己不夠聰明，所以加倍努力。

「好。既然我只是病了，吃藥就會好，那我就吃藥。」莫殤一步上前，伸出手臂抱住她。「我只是捨不得妳總是半夜三更就要起來忙。」

陡然被一把抱住，冥嫣身子頓時僵硬，鼻間全是他的氣息。

「我、我也不總是這麼忙，我有休息的……」她有些結巴，內心卻疑惑著為何會突然結巴。

她之前也有跟莫殤近身接觸啊，更甚者，三年前要出府時他還撲抱過她，為何她不曾失態？

難道是因為那句「捨不得」？

冥嫿頓時又心跳失序。

「真的？」莫殤沒察覺她的不對勁，放開手退了半步，伸手想去探她眼下的黑青，彷彿找到了，就能證明她說謊。

奈何鬼界之人不需睡眠，冥嫿每天睡覺只是做做樣子，雖皮膚較為白皙，但比起常人，除略為蒼白外並無異狀，這塊青色他自然找不到。

男孩指腹一摩挲到她眼角，冥嫿又是一驚，看著眼前那張過分清冷淡漠的顏龐不同以往，連帶眼底都有溫柔，她不覺耳後悄然泛紅。

……要命，還是個孩子呢，容貌就已逐漸長開，都快要直逼原身了。

「真、真的。」

「好，我信嫿嫿。」

「那你先回去，還有些時間可以睡，我、我去沐浴，若來不及伺候你……」冥嫿將他身子扳過去，往他房間方向輕推。

「無事，我可以自己來。」

「那好，吃早膳時我再過去找你。」

「嗯。」

只推了一下，他也不需要她再動手就直接回房，冥嫣望著他的背影，彷彿能聽見自己略微洶湧的心跳聲。

怎麼回事……

她該不是……喜歡上莫殤了吧？

冥嫣覺得，莫殤那張臉不笑的時候，看起來確實高傲冷淡難親近，但其實對她很好。

他捨不得她時常天不亮就出門幫他採藥，便讓她把院子裡的花全都拔了，改種草藥，讓她想摘什麼就直接從家裡取，也不用半夜三更還要跑到荒郊野外去採。

其實莫殤一點也不信她的這番說辭，但他卻沒有追問，而是直接幫她圓謊，光是這點就讓她感動。

婢女當成這樣，也算是極得寵了吧？雖然她本來就不是婢女……

本來她也不知黃泉的草藥種到人世能不能活，畢竟人間與冥府時間流速不同，她不能冒一去數月的險回鬼界去採。

萬幸有用。

一來減輕了她來去陰陽被發現的風險，二來莫殤的仙力也得到了控制。用鏟子翻土，冥嬫將種子丟進去再用土覆好，正好種完這個品種的最後一株。就要著手下一種的時候，身後傳來莫殤的腳步聲。

冥嬫繼續忙，莫殤也沒有叫她，而是在小亭內坐下，自己斟了杯水，拿起桌上放的書翻看。

她待手邊的活忙完，才去淨手，順道把早膳端過來。

青山每日將早膳端來時莫殤都在武場，所以冥嬫先把飯菜放在小廚房裡，待莫殤從武場出來後再跟他一起吃，若是飯菜涼了也可直接加熱。

「今日來得有些早，許師傅沒東西可以教了嗎？」她一邊布菜，一邊看莫殤翻閱手中書籍。

之前她講小故事給他聽時，偶爾會在紙上畫圖寫字，所以莫殤現在識一點字，雖會寫名字，看書卻不太行。

偶爾冥嬫會把書放在桌上，狀似隨意，卻別有用心。

莫殤聽冥嬫說話，便將手上的書合起，放到一旁。「師父得了管事送來的祕笈，從昨晚就在看，今日顧不得多教我什麼，早早便讓我回來了。」

將軍為了投許師傅所好，還真是捨得啊。

不過她想，這應該是夫人的手筆，將軍日理萬機，肯定沒辦法把心思放在這種小地方。

「想來是不錯的寶貝？瞧許師傅希罕的。」布好菜後，她將筷箸遞去，莫殤伸手接過，道了聲謝。

莫殤想了下，不太確定地道：「甚少見師父如此興致高昂，應是難得的孤本。」她了然地頷首。

許斤愛武成痴，精劍術，但刀術、弓術等也有涉獵，範圍之廣，一時難以言盡。

「那他這幾日定是想好好專心參詳。」在少年面前坐下，冥嫿先夾了一道菜放入他碗裡，又說：「他沒派功課給你？」

莫殤搖首，禮尚往來地也給冥嫿舀湯。「沒有，不過我還是照往常修習，師父說之後會驗收。不過師父也說，我如今可學騎馬了，他已吩咐管事請人來教。妳一起學吧？我讓管事多挑一匹給妳。」他這話說得極為自然，彷彿他有什麼冥嫿就跟著有什麼很正常。

冥嫿這幾年伺候莫殤盡心盡力，莊內管事還有許斤都看在眼裡，基本上莫殤在哪裡，冥嫿如影隨形，偶爾莫殤在武場時，冥嫿也會在莊內四處走走，所以莊內的僕侍對她不陌生，多數也十分喜歡她。

也因莫殤幾乎不離她，大夥兒都知曉少爺待這婢女極好，是以莫殤若開了這個口，徐管事並不會覺得奇怪。

冥嫿搖頭。「還是不要吧，我一個婢女，怎好跟著主子學騎馬？還不知別人要說什麼閒話呢。」

對她來說不會騎馬是小事，主要是她現在已經十分引人注目了，要是不收斂點，指不定還要發生什麼……

她雖是莫殤面前十分得寵的大丫鬟，但終究只是婢女，早前因為莫殤痴傻，夫人不會多管，但若被他們得知莫殤已經好轉，她不見得還能活得如此逍遙。

莫殤清楚，冥嫿不是怕別人閒言閒語，是因為若他真的這樣做了，不知他已恢復正常的外人只會以為這是冥嫿的意思——

她告訴他，要他吩咐管家讓她一起騎馬。

思及這層，莫殤心中一愓，暗罵自己思慮不周，便沒有再試圖勸說。

「那我學會了之後，帶妳騎馬吧。」

「好。」冥嫿點頭，朝他揚起一抹燦爛的笑意。

馬蹄聲嘈雜洶湧，由遠至近，刀起刀落間，數道豔烈鮮血噴灑，激起無數尖喊哭聲。

黎國邊境的小鎮，今日遭到敵國軍隊掠奪，鐵騎所到之處，沒有一處未曾血流滿地，就連家禽也沒被放過。

遠處的山崖上，一道穿著白衣的人影站在那處，冷瞰自小鎮上空逐漸飄起的白煙。

不久，他身後出現一名將領，緩步走到他身旁站定。

「看不出你對皇室竟有這樣大的仇恨，出賣故國，連眼也不眨。」那名將領身穿黑色冑甲，戰衣上沒有半點血腥，但那股自他體內散發出來的鐵血肅殺卻瀰漫周遭。

白衣男子仍是眉眼冷漠，脣邊卻挑起譏諷的弧度，眼底沒有笑意。

「昏君治理的天下又怎會清明？既然他如此愛護江山國土，不惜讓我一族陪葬，我就陪他玩，在他眼皮底下，將這萬里江山拱手送人——瞧，這豈不更折磨人嗎？」

那人聞言，頗為意外地挑起眉。「不曾想你還有這樣的心思，難怪願意在他身邊做事……是啊，若是有日讓皇帝知道，竟是你將這山河國土一點一寸地給了外人——想必他會悔得想自盡吧，哈哈哈——」

白衣男子眼底閃過一絲戾氣，微瞇起眼。「但這樣還是解不了氣。悔得想自盡又如何？我舉族之人的命，能回來嗎？」

黑甲將領瞥了他一眼，白衣人眉間隱隱有凶殺黑氣，一點也不亞於常年沾染血腥的他們。

「主上讓我來此，也是要確認你此番合作的忠誠，既然你如此憎恨黎國皇帝，想來我們的合作必能愉快。」

「自然。就從這一役敲響此戰吧，待該入局的人都入局，還愁大好河山不入手嗎？」白衣男子似想到什麼，終於笑了，那抹笑弧讓人心底發涼。

「如此便多謝了。」黑甲將領按了按懷中的布帛，那是白衣男子方才給的。

「東西，我會交到主上面前，那麼恭祝你一切順利。之後若有需要，我再傳信予你，在這之前，你且小心行事。」

「這是自然。」白衣男子點頭，回復冷淡的面孔。「預祝咱們接下來的美長仗，攻無不克、戰無不勝！」

「哈哈哈，說得好！有你相助，別說一個莫崢，就是三個莫崢，也不是我們的對手！」黑甲將領披風一揚，霸氣盡現，轉身離去。

白衣男子只略點頭，並沒有行禮相送。

待黑甲將領走遠，他的腳步也沒有移動半分。

山上風聲呼嘯，掩不去映入眼底的殘破山河。

小鎮上空飄然而起的薄弱輕煙已逐漸不見，然而軍隊並沒有停下鐵蹄，大隊人馬往前奔馳，往下一個城鎮而去。

雖不聞其聲，白衣男子也能感受鐵騎蹄下傳來的血氣悍勇，如同一把出鞘利劍，不見鮮紅絕不罷休。

再一個城鎮過去，就是黎國的雛城——

敵國騎兵敲下了戰爭的響鐘，這場仗開始了，接下來，你要怎麼應付呢，皇上？

以我舉族性命換來的安穩江山，你坐得住，我卻不能讓你如願！

既然你視這江山如寶，我就讓你丟之失之。

唯有如此，才能稍稍慰藉我族人——

在天之靈！

第五章

劍刃相擊，發出清亮劍吟，隨後錯開，轉眼又是眩目的無數劍花，一時間兩道劍光快如閃電、翩若遊龍。

承江院內武場上，許斤和莫殤正在切磋——本來是驗收，但許斤和莫殤對了幾招後，見莫殤沒有絲毫退避之意或落敗之象，就被激起了興致，中途轉了劍鋒，出手招招凌厲。

冥嫣坐在一旁，一點也不擔心莫殤會掉皮少肉，只是劍式快得晃花她的眼，她不緊盯就會看不清是誰，又是如何出手。

莫殤本身極有天賦，這些年又得許斤教導，如今他的劍術已能與許斤對上好幾十招都不顯疲態。

許斤是個認真的人，莫殤又深得他心，這幾年他傾囊相授，莫殤也不負他期望，每次驗收沒有讓他失望，反而驚豔。

如今師徒兩人過招，一樣的招數，卻硬是舞出了不同的劍路，他攻他就守，他守他就拆——勢均力敵，誰也不讓。

兩人鬥得越發起勁，臉上隱隱出現酣暢快意，誰也沒打算停下。

忽地，許斤手一轉，劍尖直往莫殤而去，他揚手欲擋，卻不料許斤虛晃一招，順著他手臂進攻，一把挑開他的長劍！

長劍脫離莫殤的手，往一旁飛去，劍尖指往冥媱！

莫殤一驚，沒有多想就拔步朝她飛奔。

「媱媱！」

「小丫頭快閃開！」許斤一聲暴喝，手中長劍被他當匕首扔了出去。

冥媱眼見長劍飛來，雖怔住，卻不害怕。

她本可以用法術躲過，或是抬手拂開，可這是在人界、是在凡人面前，所以……她不能用。

猶豫間，長劍已撲面而來！

冥媱再不敢亂想，正要移動，許斤方才脫手拋出的劍正好將劍撞偏，頓時兩把劍都掉到了地上，發出不小的動靜。

刺耳的聲音讓她難受地縮了雙肩，莫殤恰好趕到她身邊，見了她這樣，以為是被劍氣傷到了。

「受傷了嗎？」說著，就要拉起她的手檢查，一旁的許斤撿起劍來，剛抬頭，就瞥到莫殤要拉開冥媱的袖子。

「我沒事——」冥媱無奈地道，阻止不了只好任他將手臂翻看一遍。

「臭小子，你幹什麼呢！姑娘家的手是能隨便看的嗎！」男人快步跑上前，揚起拳頭就揍。

莫殤順勢將冥嫇攬入懷中，躲過許斤一拳閃到旁邊站定。「嫇嫇跟一般的姑娘不一樣，她是我的。」

明知莫殤這話是什麼意思，為何還是會為那句「她是我的」感到心悸不已？

「她是專門服侍你的沒錯，但不是你的東西，她是個人！」許斤怒道，恨不得再揍他一拳。

「你個臭小子，病了七年腦子都沒養好？這些年的藥白吃了！姑娘家最重清白，你們兩個身分有別，你真能對她負責不成？還不快鬆手！」

許斤這些話，一句句打入她心頭，冥嫇忽地垂下眼簾，憶起兩人身分之別。

雖然她不真的是他的婢女，但他是九天之上的玉玹神君，她不過是黃泉鬼界一個小公主，的確是配不起他的。

就算喜歡他又怎麼樣？不論是在人間天界，他都不可高攀，他們終究是不相配的。

她在他身邊待了七年，守護他、陪他神智漸明、同他笑隨他哭，伴他無數日夜——竟讓自己在無意間，對他滋生了不該有的感情嗎？

冥嫇忽然不想聽到莫殤的回答，在他懷裡輕輕拽了他袖角，細聲道：「少爺，奴婢沒事，放開奴婢吧。」

「嫣嫣？」莫殤俯首，察覺不對勁地輕喊她的名字，她卻沒有抬頭。

「奴婢去替少爺備膳，先退下了。」

冥嫣低垂著眼眉沒有看他，從他懷裡退開後朝他行了個禮，嘴裡吐出的話與往常相同，但他偏生覺得裡頭有著未曾有過的疏離。

倏地一股心慌爬上他胸口，他想伸手抓住對方，告訴她不要用這種語氣跟自己說話，他不舒服。

如果他做錯了什麼，跟他說，他會改。

然而冥嫣不給他機會，話一畢，轉身就走。

許斤沒覺察兩人間不對勁的氛圍，只暗道還好這小丫鬟知道分寸，沒有因為少爺親近她，就起了不該有的心思。

「好了，別看了。如今你也十五，就要束髮了，這幾年你的狀況已有好轉，說不定及冠之時，將軍就會派人將你接回去。到時你便是正經的嫡次子，規矩什麼的，可不能亂。」語罷，男人拍了拍他的肩頭，將劍遞給他。

「來，繼續練吧。」

莫殤定定地凝著他看了半晌，徐緩地接過劍，師徒兩人又開始見招拆招——

彷彿剛剛什麼都沒發生過。

「報！莫家軍在雒城五十里遭到埋伏，莫將軍身受重傷，副將莫桐負傷撤退，敵軍往前進逼，將領莫卿、魏童、陳風戰死；莫瀾、蕭意下落不明——莫家十萬大軍折損八萬！敵軍直指同蕭城，同蕭城守將請求支援！」

金鑾殿早朝時，傳令兵加急來報，聲如洪鐘，一條條訊息頓時砸得滿朝文武啞然無語，老臣們更是一臉不可置信。

莫家軍敗了？還折損八萬大軍？

那可是護衛國土幾十年來都未嘗敗績、驍勇善戰的莫家軍啊！

別說莫崢武藝高強、戰功彪炳，就連他的嫡長子莫桐、庶子莫卿和莫瀾，也都是百裡挑一的人才，年紀雖輕，但所到之處幾乎未嘗敗果，如今的莫家人不僅兩個受傷，還有一個死了，另一個下落不明！

如此被看好兩個的後起新秀，也折損在雒城之戰中——

這怎麼可能！

眾臣面面相覷，皆在對方臉上看見驚恐和不可能，接著不約而同地抬首往上瞧——

帝座上的永安帝臉色鐵青。

一時間朝臣垂頭不語，任由頂上沉窒迫人的氣氛撲天漫地而來，不敢多吭一聲。不知過去多久，大殿上靜得落針可聞，不要說呼吸聲，連旁邊同僚的心跳聲都似清晰可辨，這時，帝座上的永安帝說話了——

「莫家軍敗，剛收復的雒城如今又落入趙國之手，他們的黑冑軍已攻至同蕭城，眾卿可有解決之法？」

眾臣面面相覷，素來所向披靡、戰無不勝的莫家軍，都在此次與趙國的交戰跌了個大跟頭，這滿朝武將之中，還有誰可跟趙國一戰？

永安帝俯瞰底下的朝臣，鷹眸微眯，越發陰沉。

「陛下，末將願領兵出戰，支援同蕭！末將定會死守同蕭城，不讓陛下蒙羞，以揚我黎國國威！」左列臣子有一人出列，走到中央之後單膝跪地請命。

永安帝臉色稍霽，當下便拍板定案。

「好！孫釋聽旨，朕命你即刻點兵二十萬，前往同蕭城，並奪回雒城！」

「末將遵旨！」

冥嫿從武場走出後，一路往小廚房而去，青山和綠水一旦在院子裡看不到她，就會把早膳端到小廚房去，這次也不例外。

走到灶臺前，飯菜還是熱的，她直接將飯菜端出去，可腳一踏出門，耳邊就聞鈴聲響起——只有她能聽見。

她快步走往院內小亭，將飯菜放到桌上後，張開結界，確認安全後才道：「好了好了，別催。有什麼事？」

這話一落，地上隨即冒出旬岳的頭，冥嫿退了兩步，看著他哀怨的臉孔。

「怎麼了？」她有些不解這哀怨從何而來。

「九嫿公主、我的好公主哎，妳不是跟二公主說妳去辦事，一會就回來了嗎？怎麼那麼多天過去了，妳還不回來啊？這絳娘交託之事，還需要在人間待多久啊？」

旬岳不習慣人間日頭，鬼差雖不會因為日晒而灰飛煙滅，但他們還是能避就避，只肯露出一顆頭，躲在樹下的陰影與她對話。

冥嫿聞言心口一跳，面上閃過一絲慌亂不自然，但很快又被她用笑容帶了過去，旬岳根本沒來得及看。

「這件事……有點難辦，絳娘交託了個人給我看顧，我、我……在不能確定他是否平安的狀況下，實在走不開——」說了一個謊就得說更多謊來圓，便是指冥嫣現在這個樣子。

她因自身疏失導致錯亂莫殤命數，當初她一人隻手隱瞞這事，都已經瞞到這裡，眼看就快功成身退了，怎麼可以在這個時候功虧一簣！

旬岳也曉得，他們冥界的九嫣公主辦事偶爾不可靠，但大多時候還是可以託付的，況且絳娘懂分寸，什麼事該派什麼人辦她都清楚，現下與其說是對冥嫣放心，不如說是放心絳娘的眼光。

所以當初冥妹和旬岳都沒有疑心，而旬岳如今聽到這話，也只能為難地頷首。

「那好吧……九公主啊，若妳處理完了，就下來幫個忙吧。人間這次因為玉玹神君下凡歷劫，要順道匡正亂世，已預計要收去好幾萬條人命。別說勾魂的人手不夠，就連發湯的也都換了好幾個了！」

所以是覺得換她去發湯她就不會手痠嗎？

冥嫣蹲下身，一掌往他頭頂拍了過去。「發湯的手都痠到輪了好幾個了，你還打算讓我一人頂替全部？旬岳你這個沒良心的！」

「哎唷！」旬岳自知說錯了話，也沒有抗辯，只委屈地揉揉頭。「九嫣公主哎，這鬼界上下就妳發湯的資歷最長，黃泉之內若說孟婆姥姥第一，妳就是第二啊！」

雖然可以繼承姥姥衣缽這點感覺好像應該開心，可是這種換個方式被推去奴役的感覺很不爽快……

但她必須拉回正題。冥嫇狀似不經意地問：「你說……因為戰神下凡之故，所以人間將有死傷……你可知曉確切日子？」

旬岳哀嘆，苦瓜臉又出現了。「這個屬下怎麼會清楚？戰神下凡歷劫，命數由司命星君所寫，若是連安排他輪迴的轉輪王殿下也不知道，哪裡還會有人清楚？況且鬼界的日子和人間的日子能一樣嗎……」說到後面他忍不住小小嘟噥一聲。

這倒也是。冥嫇點點頭，心道反正她本也不指望能問到，就沒多說什麼。

「我若能得空就回去幫個忙──你下次搖鈴別搖那麼多聲，耳疼。」語畢，還故意在他面前揉了小巧的耳朵兩下。

「屬下也是怕九公主沒聽見啊。」

「……絕不會。要是我因此分心導致大錯，到時你要怎麼賠？」冥嫇冷哼一聲外加冷眼威嚇，旬岳受到這聲恐嚇，腦袋當即縮了縮。

「屬下知道了……」

「好了，快回去，省得下面又喊著人手不夠。」冥嫇似是不耐見他，擺了擺手要他趕緊退下。

旬岳哀哀怨怨的又瞥了冥嫿一眼，才乖乖沉入地面。

冥嫿單手揮去結界，卻沒有離開，而是站在原地。

小亭外的樹影籠罩她整個人，那背影隱約泛出一股蕭瑟落寞。

想起方才心內的糾結，她忽然有些好笑，甚至沒忍住，嗤地笑了出聲。

早就知曉莫殤下凡歷劫是帶有天命的，自己當初不就是為了讓他順利歷劫，才會為他做這些事嗎？

是從什麼時候起，對他有了這種奇異的心思？

橫豎等他回歸九天，又是清冷孤高的玉玹神君，不會回應她一分半點——她明明都清楚，那現在又在鬧什麼脾氣？

她冥九嫿既然敢喜歡他，那就喜歡著他又如何？

反正她喜歡的是人間的莫殤，不是玉玹神君，就算他回九重天後仍記得她，那又怎樣？他不會知道她是誰。

喜歡，不一定要讓對方知曉。

這世間還有一種感情——心底喜歡他，但不叫他察覺的……暗戀。

傷重的莫崢還有負傷而回的莫桐，在兵敗後一起回到府邸，將軍夫人收到消息後就領著府內奴僕候在門口。

馬車由遠而近，後頭還拉著一輛板車，上頭放著一具棺材，馬蹄聲一前一後在街道上響起，篤篤的聲響慢而沉重，敲擊著人心，帶來一陣悲滯疼痛。

馬蹄聲在門前止住，將軍夫人的手不自覺地蜷起收緊。

車簾從內掀開，露出莫桐的臉，還有他身後臉色蒼白的莫崢。

吩咐小廝將莫崢扶到房間休息，又請了皇上派來的御醫跟去，莫桐這才有空說話。

「那棺槨是……」她收到的消息是莫卿死了，莫瀾下落不明……

莫桐一邊扶著母親往府內走，一邊道：「是三弟的。四弟至今下落不明，但我與父親都做了最壞的打算。四弟怕是也……」他話未說完，但將軍夫人如何不懂他的意思。

就算莫瀾沒死，可被敵軍俘虜，還不如死了。

將領一旦被俘，不管是否投誠，都會被皇帝懷疑。可他莫家一門忠烈，就算被敵軍所擄，也不會投誠他國！

「那……你讓人把棺槨抬去那兒了？」將軍夫人想起她方才見兒子吩咐小廝，便如是詢問，那裡是莫卿生母的院子。

「是。父親說，能得全屍，便帶回來。」

談話間，大廳已在眼前。

將軍夫人在上位落坐，莫桐也擇了她下首的位置。「這趙國是怎麼回事，怎麼實力突然漲了這樣多？」

趙國的黑冑軍，她也略知一二，這支軍隊確實善戰。雖人數不多，僅有八萬，但行軍速度極快，殺傷力也大，鐵騎所到之處，幾乎片甲不留。

趙國打奇襲仗時，最倚重黑冑軍做前鋒，好奪得首功為己方激勵士氣。但他們善奇戰不錯，卻未曾擊敗過莫家軍，之前最多只與莫家軍戰成平手，未曾讓莫家軍敗得如此狼狽——所以當朝臣聽到這個消息的時候，才會個個驚恐至極，難以置信。

莫桐搖頭，面色凝重沉暗。「不是他們的實力大漲，而是——」

「是什麼？」將軍夫人察覺不對，瞥向莫桐的眼光帶著一絲急切。

「我與父親都懷疑……出了內奸。」

「……什麼？」將軍夫人臉色一白。

莫家軍裡……有奸細？

因掛念冥嫀，莫殤只和許斤過了幾招，便回來了。

一走回承江院，他的目光便自動地往小亭看去，沒見到人，他便又轉了方向，往藥圃走。

冥嫀正蹲在藥圃前，細細地用手挑掉上面的蟲子。

她一頭烏髮結成鬟垂在耳側，半掩她斂下的眸光，晨光灑落一身，讓她比往常多了股清靈俏麗的韻味。

莫殤心頭一怔，霎時隱隱感到某種目眩。

她專注的抓著蟲子，似沒聽到他的腳步聲，莫殤反而因此安心。

他放輕腳步走到她身後，沒有叫她，而是讓她繼續做手邊的工作。

冥嫀在他踏進院子那刻就知道了，但她沒有出聲，不疾不徐地挑完蟲子，又拿起一旁的小杓，澆了點水。

兩人一言不發，氣氛奇怪地僵。

不知過了多久，待眼角瞥見他的影子，她淺嘆一氣，終是開口：「少爺既然回來，怎麼不到小亭內用早膳？飯菜都要涼了。」雖是這樣說，但飯菜早在被她拿出來時，就施了術法保溫。

「嫿嫿妳……在生氣嗎？」莫殤忍了許久，終於還是忍不住。

冥嫿一愣。

她正思忖對方為何會如此說，隨即想到自己方才的失常，忍不住失笑。

顯然是她忽然鬧脾氣，嚇到他了。

但是，這也讓她覺得心暖。

在她陪伴他的這段時光中，他也同樣重視她——

這樣就好。

即使一輩子不對這個人表明心跡，即使他歷劫過後，又是高高在上的玉玹神君——也沒關係。

「沒有生氣。」冥嫿回過身，朝他勾起溫柔的笑弧。「只是在想許師傅說得沒錯。少爺早晚要回到府上，到時可不能這樣對待其他女子，雖我只是婢女，但終究男女有別。」

莫殤蹙眉，說不上來這是什麼感覺，只覺這番話有些刺耳。

見他不語，似在思量，她也沒有停住的打算，繼續說：「我們一起生活這些年，彼此清白，自是不在意這些，但外人不知。為了之後讓你娶媳婦時還能留個好名聲，我──」

話還說完，她就被莫殤以手捂住嘴。

「外人如何想，我不在乎。」嫆嫆伴他七年，無親卻相近，在他心裡不僅是一個婢女。

她心一動，拿掉他的手，再啟脣時嗓音有些低啞：「我知你不在乎，可我在乎。你那樣好，自然不能有半絲汙點。」

「嫆嫆……」

「況且我是你的貼身婢女，要是你有出格的地方，最後夫人都要算我頭上，我可擔不起。」她打趣的說，故作輕鬆。

莫殤便也微微笑開，伸手拍拍她的髮頂。如今他已比她高上不只一點，這動作做來便有些寵溺。

「妳是我的婢女，歸我管。犯錯了自然我擔。」

壓下心裡又要翻騰的異樣，冥嫆嬌俏一笑。

「如此就先謝過少爺了。不過嫆兒對自己還是挺有信心的，怕是用不著少爺。」

「那是最好。」他道，胸房的沉悶終被驅散。「好了，快去吃飯吧，都要涼了。」

「好。」

她即將修正好他的歷劫軌跡，也不知還能陪伴他幾日……在那之前，就好好珍惜與他共處的時光吧。

第六章

五日後，別莊收到一封來自將軍府的信。

徐管事將信交給許斤，看許斤面色凝重，不由有些憂心地問：「現在的情況真如此糟糕？連二少爺都要……」

「將軍受了重傷，莫卿少爺戰死、莫瀾少爺下落不明，恐凶多吉少……莫家只剩二少爺從小養在外頭，面目不為人知，是最好的人選。」捏著信，許斤已從信裡的內容明白始末，此刻心中便有股滔天的怒火。

他奶奶的！軍隊裡面竟然有內奸！要是被他知道是哪個崽子，他許斤非把對方給卸了！

「這……可二少爺的狀況雖說已好了些，但這事——可行嗎？」徐管事並不像冥嫿和許斤那般與莫殤長時間相處，故語氣不甚確定。

許斤只頷首，並未正面回答他。「放心吧，我去跟少爺說。」

徐管事目送許斤大步而去的背影，也察覺了山雨欲來的氣息。

承江院裡，莫殤在屋內習字，冥嫿站在桌案前為他磨墨。

偶爾她還會出聲告訴他，哪個字可以寫得更好看。

許斤來到院內時，正好看見這幕。

他看過他們兩人的相處——自然得不分彼此，這讓他想起一句話——親密無間，兩小無猜。

這句話一冒出腦海，他就連忙搖去這胡亂出現的遐思，正想發出一點腳步聲，莫殤和冥嬬卻已朝他看來。

「師父。」莫殤擱筆，從桌前走過去。

許斤沒有進屋，而是在門外把信遞給他。

他知道莫殤多少識了些字，還是他身邊的婢女所教。

連這小婢女也不簡單，將軍夫婦果然是真心疼愛這個孩子的。

「將軍府來信了。希望你能從軍，找出背叛國家的奸細——」

莫殤盯著許斤手中的信，並沒有馬上接過，而是看了一會，又抬頭看他，似在問他為什麼。

見了莫殤的眼神，許斤方才好不容易壓下的怒火又從胸中滾開。

「他奶奶的！不說這事還不氣，一說老子就他媽的想宰了這內奸！你父兄四人，兩人戰場重傷，還有一死一個下落不明，要不是軍情被洩漏，此戰才不會敗得如此慘烈！十萬莫家軍死了八萬，他媽的都是……老子的弟兄啊！」

莫殤沒有說話，微斂的眼，神色莫辨，一旁的冥嬬已了然。

——莫殤的天命，要開始了。

「少爺去吧。現在正是將軍和夫人需要你的時候。」看出他的猶豫遲疑，冥嫿適時地在一旁鼓吹。

「嫿嫿？」

冥嫿佯裝天真地笑道：「若少爺此去一戰成名，凱旋歸來之時你想做什麼，夫人都要看在你的面子上答應的。」

莫殤自小就不在莫府長大，縱然神智恢復之後，他有了小時候的記憶，但礙於他體內神力之故，記憶有些殘缺不全。

記得多少，甚至對將軍夫婦有多少情感，都不得而知。

許斤想用父母和國家恩義來說動莫殤是不可能的。

若是許斤開口說希望對方報師恩，或者還有用，但許斤效忠莫崢，自然不可能這樣講。

便只好由她出面了。

果然冥嫿這個理由莫殤更能接受，思考不過片刻，他便頷首應道：「好，我去。」

為了之後能護好嫿嫿，如果需要個有利的身分，那他就去爭。

冥嫿朝他燦笑。

「少爺果然待奴婢好。」

「嗯！」

自己說了一大串都沒能讓莫殤答應，面前這小丫頭不過說了一句，就讓他應允了？

許斤目瞪口呆。

幾日後，待莫殤收拾好東西，就在冥嫣和許斤的叮嚀目送下啟程。

許斤受莫崢之命暫時待在別莊內，而冥嫣則在莫殤離去的兩天後，跟徐管事告假回鄉。

徐管事聽說冥嫣要帶父母的骨灰回老鄉安葬，等事情辦完就會回來，便也允了。

冥嫣回到黃泉的時候，天邊暮色殘陽。

入目皆是鬼影，宛若一片黑潮往後延伸，彷彿不見盡頭，連黃泉路上冥姎的身影都差點被淹沒。

「二姊，這是怎麼了？」冥嫣好不容易擠到冥姎身側，瞠目瞪著眼前的奇景。

黃泉可是許久沒有這樣鬼滿為患了啊。

「妳回來了！先去孟婆亭一趟吧，那裡可忙了。有什麼想問的，就去問旬岳吧。」冥姎直接將她趕走。

冥嫿本有些哀怨，但想到自己犯下的錯，便沒有吱聲，乖乖往孟婆亭而去。

忘川前已排了幾串長長的隊伍，一路蜿蜒，偶有魂靈躁動不休，便有鬼差上前制止。

這些都是她看慣的景色。

鬼魂有秩序的排隊等著喝湯，冥嫿略看一眼，忽覺一陣愁雲慘霧。要發這樣數量的湯，難怪旬岳要去人界找她了……

都還沒走到孟婆亭，冥嫿已經忍不住想去揉胳膊。

「九公主妳回來了！」

旬岳看見她，便開心地大呼，還腳步生風的朝她而來，大有抓住了就不放她走的架勢。

「我……」

她才剛啟口，旬岳就竹筒倒豆子似的開口——

「您既然回來了就快點接手吧！這段時間您不在，發湯的都倒好幾個了——不只冥姎公主，連冥夜殿下也在轉輪宮忙了好幾日！」

旬岳你……這已經不是暗示而是明示了！

「所以啊，我的好公主哎，不要再亂跑了，人間有什麼事，讓小的去幫您代辦，您就乖乖守在崗位上吧。」

「因為凡間起了戰事，這幾日黃泉便是多了比往常還要多的鬼。」

旬岳與冥嫿邊說邊走，走到亭前，守在兩旁的鬼差先後朝冥嫿行禮，將上前領湯的魂靈攔在亭外。

冥嫿走進亭內，伸手輕揚，一襲寬大的黑色斗篷隨即罩了她一身。

旬岳朝亭外的同伴打了手勢，示意他們把鬼放進來。

「因為玉玹神君？」

「倒不是因為玉玹神君下凡引戰，好像是凡間多了個魔修，肆意屠戮人命……冥王殿收到的消息裡有提到這件事，但冥夜殿下說回到鬼界的鬼數不對，所以親自坐鎮轉輪宮，大殿那裡暫時交給三殿下。」

轉輪宮判決鬼的來生去處，在投生六道之前，能再次看到對方前生，冥夜正是想趁那時核對。

「嗯。」冥嫿輕點頭，要喝湯的靈魂已上前，身側的旬岳往那人胸口一掏，一只空碗便出現在他手上。

她舀了一杓孟婆湯倒入碗中，看著對方喝下，眼中的混濁退去，徐步往亭後不遠的轉輪宮而去。

星夜靜沉。

萬籟俱寂，只有城牆上的篝火，閃著劈啪聲響。

莫殤一身戎裝站在牆垛間，天邊高懸的明月照徹大地，拉長他筆挺的身形。

他垂眼俯瞰面前的城池，不知在想什麼，忽然身後有人叫他。

「阿玹，換班了！」

他回頭，朝來人看去。「子楚，怎麼是你？你不是──」

子楚走到他身邊，拍了拍他的肩。「沒事，我和別人換了。」

莫殤入軍營後，為了隱藏身分，沒有用原本的名字，而是讓冥嫇給取了個名字──玉玹。

莫殤頷首。子楚搭上他的肩，朝他笑得曖昧。「在想你家的小姑娘？你上次在城裡買的髮簪，派人給她捎去了沒？」

他一頓，搖頭，不由想起冥嫿。

從軍如今已過一年，這期間黎國與趙國前後交鋒多次，同蕭城雖守住了，卻一直無法更進一步奪回雛城。

奪回雛城，等於將趙國趕出國境，這才算真正的保住家國，否則，黎國江山仍隨時會被趙國伺機吞下。

京城遠離戰火，所以百姓不覺戰況緊張，但這同蕭城的居民和守城士兵，都感同身受。

子楚聞言一詫。「為什麼？你買了髮簪不送給她，難不成要留著睹物思人？」

莫殤的同袍都知他有個從小一起長大的青梅竹馬，兩人感情不錯，他們都叫她小姑娘。

「嫿嫿說她會等我回去，那便回去再給她。親手給的，比派人送回去的更有意義些。」

何況嫿嫿說會等他回去，或許在回去之前，他還能多攢幾支不錯的髮簪。

他想著，手指不禁輕觸放在懷中收好的簪子。

不知道嫿嫿會不會喜歡？他未曾送給她什麼，在莊子的時候，她身上也素淡到幾乎沒有半點首飾……

瞥了眼莫殤逐漸柔和的眼眉，子楚忍不住揶揄：「還是小姑娘厲害，能讓你心花開！這幾日瞧你臉色凝重，發生什麼事了？」

莫殤聽到前半句，忍不住給他一個冷眼，聽到後半句時卻面色漸凝。

「你這幾日都特別注意那處，有不對勁？」子楚站在莫殤身旁，順著他的目光看去。

那個地方，他已經連續盯著好幾天了。

莫殤沒有馬上回答，沉吟了半晌。「趙軍除了五日前與我們交過手外，這幾日都只在城牆處打轉，連叫陣都沒有……不知在策劃什麼？我總覺得奇怪。」

在軍營待了一年，他也認識不少同袍，跟著他們一起打仗、守城，軍事雖然不熟，但看久也能看出一些門道。

這幾日黑冑軍雖然沒有動作，卻沒有人認為他們會一直按兵不動，而是在等最好的時機。

子楚聞言，也順著莫殤之言細想。「那處接壤山林入口，你是懷疑趙軍會在林中設伏？」

莫殤搖首，道：「之前懷疑過，但後來便不這麼想。」

「怎麼……」

最後一個字還來不及問，身後忽起一陣巨大動靜。

兩人連忙朝看去，西邊角落於夜空中竄起驚天火光！

接著城下有人大喊：「趙軍！是趙軍攻進來了！」

火光先是亮在城中一角，隨後整個西邊都紅了起來。百姓的驚叫淒喊，在寂靜的夜裡宛如爆竹被點燃，此起彼落，響成一片。

不過片刻，遠處的刀戈相擊聲、血鏽味，都已瀰漫在空氣中。

莫殤和子楚兩人一凜，互相從對方眼中看懂彼此的意思。「你將城牆上的弟兄集合，我先領一小隊人馬去援！」

「好！」

子楚應道，轉身就去召集城上士兵，莫殤快步下樓，沿路吆喝士兵整隊，隨他前去救援。

這一次與趙軍的戰役，絕不能敗！

冥嫿往冥王殿走了一趟，想用人世鏡前看一下莫殤現在的狀況。

鏡中沒有半點影像，她雙指一併，凝住心神，往鏡面點去。

倏地，鏡內畫面一掀。

先是刀光掠過眼前，而後是噴灑的血液染上莫殤俊美秀冷的臉龐。

他沐浴在鮮血刀芒之中，身後是響遍天際的哀號淒哭，漫漫無際的火海，燃燒鏡內所能看到的一切。

屋瓦殘垣，斷肢死屍。

冥媱心一緊，雙眸更加不敢離開鏡子，看著莫殤執劍在人群火海中奮戰，一口氣提在喉嚨口，欲嚥不能嚥。

忽然視線停在他身後，一名黑甲武將揚手，眼看那刀就要砍上他的後背！

「莫殤小心！」冥媱忍不住驚叫，掌心瞬間凝氣，左手雙指齊併，右手掌氣就往鏡面打去——

掌風打出去的同時，那名士兵也往後飛出幾尺，撞到一旁的屋舍，滾落在地。

「唔！」冥媱見莫殤沒有危險，心下鬆了口氣，但隨即有一口血沫從她口中噴出。

她連忙抬手拭去唇邊血漬，又看向鏡子。

莫殤察覺方才有人救他，但一回身又什麼都沒看見，他往前走了兩步，執劍的手已經發顫，仍強撐著身軀不倒，挨在一旁的柱子邊上喘息，兩三個傷兵在他身側不遠處坐著喘氣。

天邊夜幕被揭開，晨光在東邊悄然顯露，這一夜的慘烈在暗時看不完全，到了日光底下，入眼皆是血紅——

斷肢殘屍零落一地，老幼婦孺、將領士兵皆慘死原地，交錯參雜的屍身下，蜿蜒著暗紅色的河流……

那樣悲慘的畫面是冥嬈不常見的，她不自覺地顰眉，有些擔憂地看向莫殤。

他已垂下眼，被那腥血染紅的戰袍，隱隱散發一股決然肅殺。

她伸出手，輕輕地撫上鏡中他的鬢角，眼眸泛著憐惜。

他的心，應當很難受……

但經歷這一戰之後，他戰神的命運也就無法扭轉了，然後，就會朝司命為他寫好的命格去歷劫……

「九公主！九嬈公主——」

「來了！」

殿外傳來旬岳的喊聲，冥嬈連忙揚手揮去鏡中影像。踏出殿門之前，她不捨地往後回望一眼，之後，再也沒回頭。

鏖戰過後，同蕭城最終守住，城守戰死，孫釋為救他亦身受重傷。

此役後，莫殤和子楚因立下戰功，先後被提升職位。

兩年期間，梁軍與趙軍僵持不下，同蕭城一戰雙方皆死傷慘重，並未再起大戰，但零星騷擾小役不斷。

孫釋表面上按兵不動，私底下卻持續練兵，意圖以關鍵一役，打破既定局面，一舉奪回雒城。

為了今天，孫釋和幾位將領連續討論了幾日，定下計策，打算一舉將趙軍趕出雒城，讓他們退出黎國土地。

黎軍佯裝百姓分批進雒城等候命令，待攻城信號一放，隨即從城內發兵，與城外的攻城部隊裡應外合，攻擊趙軍，一舉將他們殲滅。

然而沒人知道，真到了攻城那日，黑冑軍卻佯裝城門被人從城內打開，憑藉在城內事先設下的埋伏，將黎軍整個包圍！

那些早前先行滲入的黎軍，在攻城前一日，就被駐守在雒城的黑冑軍鏟除。

子楚身為此戰先鋒，起初見到黑冑軍敗退、城門大開之景，還為計畫順利進行而十分歡欣，然而當他領兵身先士卒衝入雒城的那刻，便覺有異。

……不太對勁。

街道巷弄十分安靜，靜得只聞呼吸聲。

空氣裡有種凝滯的沉悶。

子楚朝身後打了手勢，要大家小心戒備，身後城門卻忽然被人掩上，隨後埋伏在城牆上的弓箭手，同時現形。

「放箭！」一聲令下，弓箭手們動作整齊劃一。

頓時漫天如雨的羽箭疾落！

破空聲先後響起，一道比一道快，才聞聲，下一秒就入肉，率先趕入城裡的三千前鋒，霎時遭受前所未有的災難！

簡直是單方面的屠殺。

「伏兵呢？跟我等裡應外合的伏兵在哪裡！」

「遇襲了！遇襲了！」

「快傳信給中軍，別讓他們進城！」

子楚一邊揮劍掃落箭矢，一邊抓過一旁的信號兵，讓他傳出信號，但見那士兵才剛要動作，就被人一箭封喉！

「哈哈哈哈，今日你們全部有去無回，天皇老子也救不了你們！」

箭雨停止，城樓上出現一名身穿黑色鎧甲的將領，他便是此次戰役領兵的黑冑軍首領，楊綱。

將手中的弓箭交給一旁的士兵，他揚手下令：「弟兄們，上！他們的人已先行一步，莫讓剩下的等太久！」

什麼？

子楚瞠大眼，還來不及意會，周遭忽然爆出大喝，接著便是拔刀相迎、揚槍相擊的鏗鏘聲，四周倖存的士兵紛紛拔劍作戰。

接下來的惡戰，容不得他再分心，他只覺腦中空白，餘下的，只剩身體的本能。

不知戰了多久，子楚和剩餘不到一半的士兵被黑冑軍擠壓，漸漸聚攏在一起，大家背靠背作戰，戰至力竭也不願棄劍投降——

地下已是血河，身周盡是屍骸。

「子楚哥，我們不要放棄，阿玹一定會來救我們的！」靠著子楚的軍士，又一刀削去敵軍的腦袋。

「我寧可他不來！他要是真來了，也是來給我們陪——」子楚話還沒說完，北城門忽傳驚天聲響，驚動了黑冑軍。

「怎麼回事？」楊綱長劍一抽，帶出一道血痕，也朝北城門處看去。

北城門動靜剛出，接著南城處的廟堂也傳殺聲，宏亮、整齊劃一，幾要上天入地。

「是援軍！援軍來了！」本已支撐不住的黎兵，看到來援頓時激動地大喊，覺得渾身上下都是力氣，絕處逢生的喜悅瀰漫而上。

「是援軍！弟兄們，上！」子楚跟同袍也看見了，紛紛一喜，大喝著上前迎敵廝殺。

「將軍！敵軍炸破北城門，現在三方都有黎軍援兵，正往這裡來！」黑冑軍傳令兵跑來稟報。

「怎麼回事！」楊綱聞言，氣急敗壞地下手更重，一刀又剜去一人頭顱。

「將軍，事情——」那人來不及回答，就被趕來的援軍一劍刺穿胸口。

「子楚哥！」北城門的援軍趕到，領頭的人卻不是莫殤。

身後從北城奔馳而來的騎兵，騎在馬上長槍揮刺，將本來極有規律的黑冑軍給衝散，殺得黑冑軍再也維持不住隊形。

「將軍，我軍不善巷戰，還是退出城外吧！」

「將軍！我軍駐守於東城的軍隊遭到突襲！陷入火海！」
「什麼？」前面兩句都不至於動搖楊綱，唯有後面這句讓他瞠目。
「退！」楊綱下令，隨即呼叫戰馬，揚長而去。
「黑胄軍撤！」
「黑胄軍撤！」
「撤！」
「怎麼是你？阿玹呢？」子楚握住同袍的手，對方一把將他拉上馬，到他身後坐著，接著揚長往城門而去。
「阿玹在東城門指揮呢，孫釋將軍領兵把守西城門，阿玹在你攻城之時，就撥了兩隊人，一隊走南城暗道，一隊用彈藥將北城門炸破。他自己親自守在東城口守株待兔——」
子楚一愣，簡直不敢置信。「阿玹怎麼會知道雒城有暗道？」
「這我也不知，阿玹只說是他無意間發現的。並下令不要打暗號，一個時辰之內必須炸開北城門，南城的士兵一旦入城，便直往雒城中央殺去。」
「那我們現在要做什麼？」子楚點頭，明白對方此刻有任務在身。
「遭逢此變，楊綱手腳大亂，他必定會從東城門退出——我們現在要做的，就是把他逼到阿玹那裡！你看，阿玹派來支援我們的弓箭手也到了！」男人得意地道，話才落，前方的黑冑軍就被箭雨伺候。

「咦？是阿玹！」

眾人定睛一看，城牆上頭站著的不是莫殤又是誰？

他一身銀白鎧甲，在日落前時分立在高牆之上，橘黃的色澤為他鍍上一層薄金，襯著他高挺筆直的身形，更有一種高高在上、不可觸及的威嚴俊美。

「楊綱，你屠殺我雒城百姓、黎軍將士之仇，就以你的命還有黑冑軍來抵！」這一句說來冷淡無情，輕如飛絮，卻重如山岳——肅殺四溢。

這一戰，黎軍勝，黑冑軍敗退趙國邊境。

雒城在丟失了三年後，被一個叫做「玉玹」的副將奪了回來。

莫殤，一戰成名！

NINTH PRINCESS OF
HADES

第七章

月下亭迎來步履匆匆的司命星君。

彼時月老正在桌前給人間善男信女綁紅線，每綁一條紅線，他就看一次姻緣簿，仔細地核對男偶和女偶的名字是否有誤。

「月老、月老——」

司命星君一身紅色蟒袍，不同月老喜氣和藹的臉孔，他的表情多年來都不苟言笑，讓任何人看了都要肅然起敬。

「怎麼了？上回你說要牽線的那對不是……」給你牽好了嗎？話還沒說完，司命星君皺眉的神情讓他自動消音。

「你牽了玉玹神君的姻緣？」司命湊近月老面前，一雙眼瞪得極大。

月老忍不住稍稍後退，拉開點距離，思索玉玹神君是哪位。腦子繞了半圈，才想起是玉帝胞弟。

因他長年居於玉玹宮極少出現，等級又高他們太多，大家都以宮號稱對方一聲玉玹神君。

「老朽沒做這事。」玉玹神君是誰啊？高高在上的神君，誰敢胡亂給他牽紅線？好歹也要玉帝下旨意他才敢做啊！沒旨意他才不送死……

司命聞言，皺緊的眉沒鬆半分，反而更緊，川字已現。

「沒牽？可是……」

「怎麼了？司命簿上有消息？」這次換月老瞠目，驀地想起曾在姻緣簿上見過的異象。

當時他看到玉玹神君的名字下方有人名，然而一閃而逝，還來不及細辨就消失不見，他還愁不知是誰，要怎麼牽線……

司命略退開身軀，走到月老對面坐下。「倒也不能說是確認了，總覺得有些奇妙……」

「怎麼回事？」

司命道：「當初神君下凡，不是純為歷劫，而是奉玉帝之命，找回因殺戮過重而漸失的神性，所以這一世他入凡投生將軍府，經歷戰爭生死，負責匡扶世道……但這一世，有個姑娘與神君走得很近，還是來自黃泉的姑娘。」

「什麼？」聽到黃泉兩字，月老不禁瞠圓雙眼，足見他的驚恐。

又是黃泉！月老覺得不能負荷，身軀晃了晃。

司命同情地瞥了他一眼，大抵能明白為何月老聞黃泉二字色變。

百年前孟婆因生出姻緣線被玉帝封閉神識，好回收七情六慾，如今還在沉睡，所以黃泉內某些職務由鬼界皇族暫代。

而懲罰的起因，便是因她和龍族太子之間的紅線。

孟婆乃是輪迴司記憶的掌管者，別說沒七情六慾，更絕無姻緣，卻偏偏扯出一條紅線，進而生出亂事，以至於月老聽到黃泉二字都害怕。

「司命簿上只現出是黃泉之人，若是這小姑娘不回到人間，也沒太大影響……神君帶天命下凡，天道自有安排。就是想著，我可沒有要讓神君歷愛別離之苦，你別來攪和。」想起前幾日明明沒看見，也沒編排這樣的人物到神君身邊，這會卻出了這一場，他便趕緊跑來問月老。

月老聞言大汗，吞下喉中津液，有些困難地道：「可能……難了。」

「如何說？」司命從月老臉上察覺到不對，一顆心也跟著提了起來。

「因為……前些日子，姻緣簿上、神君的名字下方，曾出現一個名字……老朽以為是眼花，但現在聽你這樣說……老朽覺得只能是一個原因。」

「……什麼原因？」額上沁出冷汗，司命頭一次覺得心臟要跳胸而出。

「這是天定的姻緣。」

月老：「所以……神君怕是要再歷……一場情劫了。」

莫殤化名玉玹一戰成名的消息，不多時就傳到莫將軍府上。

雖讓莫殤隱去真實身分、化作平凡百姓，但莫崢還是派人私下照看他，他也偶爾傳遞消息給莫崢。

從莫殤入軍隊至今，將軍府只收過兩次消息，一次是他從軍入伍，一次便是現在。

聽到這個消息，最開心的就是將軍夫人了。她當初根本沒想過，莫殤還能有這番成就。

當時，她只盼孩兒的病情能有些微好轉，如此她就已無所求，如今豈止好轉，不僅立功，還能為將軍府分憂了。

「夫君，信上可有說殤兒何時回來？」

莫崢搖頭，將信折起湊到燭火前，任火光一把吞噬。

「必是跟著軍隊回來的，約莫再五日可到達京城。進京後會先回府一趟，妳去吩咐下人將院了整理整理。這個孩子，轉眼就這麼大了啊……」說著，語氣感嘆，更有幾分欣慰。

「好，妾身先行退下。」落下這句，將軍夫人也不管莫崢和莫桐還有何事要商討，出了門後便喊著丫鬟離開。

書房內，莫桐盯著父親的臉色好一會，才開口：「父親為何愁眉？難道弟弟沒有帶回消息嗎？」

他們都知道，當初讓許斤送莫殤從軍，最主要的原因就是要查出誰是內奸——查出是誰在暗地裡，將莫家軍的作戰策略交給敵方，導致本來萬無一失的戰役慘敗，不僅沒有奪回雒城，還折損上萬人命！

「不……」莫崢開口說了這句，便停住了。

好半晌，他才道：「他查出來了。」

「那父親為何——」莫桐話至此，忽然一頓，似領悟到其中關竅，狐疑地看向莫崢。「是……朝中重臣嗎？」

「何止是重臣……還是此戰的主帥。」

莫桐一下子就瞠大了眼，幾乎要控制不住音調。

「是他？居然是他！」

「對，就是——孫釋。」

日頭方落，淺暮已消，天際暈成一片薄黑。

皇宮內苑曲廊深處的小亭，柳樹遮去一半的景。

「如何？」樹林後方亭內，有兩人低聲交談，聲調極低。

「雖然對方沒有明確的證據，但孫釋已遭到他們懷疑。」

「那……滅了孫釋的口？」女子只略作停頓，可提議沒有半分遲疑。「滅了他，他們要想查到你身上，還得多費一些周折，孫釋一死，很多線索就會斷。」

「不行，孫釋不能棄。」他反對。

「你瘋了嗎？區區一個孫釋怎麼能和你比？你是我族最後的血脈，若是保不住你，留他何用！你清醒些！」女子瞠眼，男人的這番發言，顯然讓她不可置信。

「我很清醒！」他冷眼一瞪，眉間的凶戾一閃而逝。「他們手中沒有證據，殺了孫釋反而會證實他們的臆測！況且孫釋死後，從莫崢手上奪來的兵權又有何人可接？孫釋不能棄！」

他又說：「此番兩國交戰，趙軍兵敗如山，這筆帳，他們鐵定會討的。唯有按兵不動，再伺機奪得兵防圖為首要——想把黎國江山舉國相送，莫家就是頭一個要拔除的。」

「我知道了……兵防圖之事我會想辦法，此事交給我。」女子沉吟須臾才回道。

「好，妳須得多加小心。孫釋如今是不能用了，雖不能殺，也得找個人補他的位置。」男子又說：「那個在雒城一戰成名、擊敗楊綱的副將玉玹，妳留意一些。能拉攏就拉攏，若不能……就殺了他。」

「你要捧他代替孫釋？你這樣做……就不怕『他們』說話？」

他道：「大家最終的目的皆是為了江山，在梨國納入他們版圖之前，沒有什麼不能忍的。」

女人沒有說話，沉吟半晌，覺得對方所言也沒錯，便點了頭。

「我曉得了。那麼接下來你要如何分化皇上和莫家？當初朝堂之上，你以莫瀾被趙國所擄，可能已洩漏軍機這個理由，想把這盆髒水潑給莫家，藉此離間皇上和莫家的關係，雖然未成，但兩方已有齟齬……」

「不急……這刀一劃下去，不僅要拔了莫家，還要將玉玹推到兵權之前，在那之前，要等時機。時機不來，我就去做。」

她道：「玉玹真有這麼好？讓你如此重用他，直接放棄孫釋？你可別忘了，與玉玹這年輕人相比，皇上或許更願意將兵權交給老道的孫釋。」

「不會的。」他勾脣一笑，語氣十分篤定，見女人疑惑，又道：「因為……他是破軍。」

「所以？」

「若他能縱橫天下，以他才能為我所用，又豈是孫釋能比的——不，連莫崢也未必比得上他。」

女子一愣，沒想到竟還有這種原由。

「『破軍』乃是將星之命，玉玹便是這個命格。讓趙國先割地幾塊，待博取永安帝的信任之後，再挑動他與莫崢，把日漸增大的齟齬再擴大……他日玉玹在我運作下得了兵權，這江山又何愁不能安然送入趙國手中？」

女人一窒，看著男人壓抑的、略顯瘋狂的臉色，無語。

今日，將軍府收到兩封消息。

莫崢一早就喚莫桐到書房裡，兩人對著桌上已拆閱的信件沉默不語。

「你弟弟……殤兒說他暫且不回莫家，先以玉玹的身分伺機而動。他說依孫釋和趙國人對談之語看，孫釋身後必有主使者。這一路上他與孫釋交好，便是想著藉孫釋接觸主使者——」

「孫釋會信他嗎？雒城一戰，殤兒可是臨時更改作戰計畫卻沒讓孫釋知道啊。孫釋難道不會懷疑殤兒可能猜到了他的目的？」

莫崢搖首，沉吟後道：「孫釋心中雖有疑，但他一時不會想到這上頭。況且，孫釋這幾年沒有什麼戰績，這次好不容易才藉由殤兒贏回雒城、等到了皇上的嘉獎封賞。就算曾懷疑殤兒，此刻眼前的富貴，也足以讓他失去戒心。若他身後真有主使者，能更進一步獲得皇上的信任，對他的主子來說，何嘗不是好事？」

莫桐恍然，跟著頷首。「父親說得是。既然如此，父親為何心事重重？」

莫崢嘆了氣，將另一封信遞給他。「殤兒信來不過片刻，這封信就跟著到了。十五年前，皇上密令我追查沈家遺子，今日來了消息。」

當年，現任皇帝永安帝的弟弟獻王，與大理寺卿聯手逼宮，最後兵敗下獄，獻王和大理寺卿處斬，沈氏一族男子盡斬首，女子充作軍妓。

大理寺卿沈家有兩子，長子隨父被殺，次子則因自小在外遊學不知所蹤。十年前傳出次子已亡，但永安帝和莫崢卻耳聞，老二雖稱在外，實際上是尋仙問道的高人之徒，便沒有放棄追查。

至今有了消息，卻不想竟是這樣！

這件事情莫桐也曉得，所以當他把那封信看完，不由臉色大變，驚疑不定的瞪著莫崢。

「這人所言能信嗎？」

莫崢：「雖不能說盡信，可是你看……兩相對照，孫釋之所以相助於他，就一點也不奇怪了，不是嗎？沈家本對孫家有恩，孫釋也與那二公子交好，他願意為對方赴湯蹈火，不足為奇。」

「如此巧合……」莫桐低吟，又道：「既然如此，殤兒此番若能與孫釋身後黑手接觸，便能間接證實此信真假了。此行確實危險，但不入虎穴焉得虎子……父親打算如何？是否需要我——」

莫崢打斷了他。「不，不用你。」

「那父親……」

「不論發生何事，你都按兵不動。為父自有方法。」

「是。」

這一路上，孫釋和莫殤越加熟稔，聽聞莫殤在京城沒有居所，便邀他暫且入住自己在城南的一處別院。

四日後眾人抵達京城，軍隊一入城門，百姓便熱情地圍在街道兩旁歡呼。丟了三年的雒城今朝被奪回，除了出了一口被趙國欺負的惡氣外，還有種黎國人給自己長臉的榮耀感。

洶湧的人潮或低語、或呼喊，俱是喜悅歡迎的神情，盛況空前，可稱萬人空巷。孫釋右邊便是莫殤，他一身銀白鎧甲，坐在馬上，身姿端正筆挺，清冷俊麗的臉上沒有表情，然而那股淡漠卻將他襯得越發如雲端高陽。只可遠觀，不可近矣。

莫殤騎著馬，目光不著痕跡地將周圍圍觀的民眾都看了一圈。他看到師父在客棧二樓，徐管事也在，唯獨沒有他惦念的那人。

男人不覺微蹙起俊眉，心下起了疑。

嫿嫿為何沒有跟著師父一起來？她明明跟他說好，等他回來，她會來接他的。

更別說師父和管事都已在暗處看他了……

難道嫿嫿發生了什麼事？這念頭甫起，他胸房隨即一片發慌。

兀自走神時，孫釋也發現了他的不對勁。

「玉玹，怎麼了？」

莫殤連忙回神，朝孫釋看去。「無事，只是想到故人罷了。」

孫釋哈哈笑了聲，顯然也明白他口中的「故人」指誰，便對他道：「既然想她，不如將她接過去與你同住？」

莫殤怔了下，脣角微勾淺弧，搖頭婉拒他的好意。

「為何不？」意外於他的答案，孫釋忍不住問。

「將軍也知，此戰雖勝，但趙國吃了如此敗仗，未必會善罷甘休。說不準在我們回來接受封賞之時，他們也在籌劃該如何將雛城奪回。我想給她一個安寧的環境，自然得在一切都塵埃落定時再去迎她。」

孫釋聞言，倒有幾分贊同地頷首。

「也是。」

這話題結束後，兩人便不再言語。

永安帝知軍隊長途歸來，下旨讓孫釋等將領隔日再進宮領取封賞，晚上則是替他們開設宴席，於是軍隊進城不久後，就改往軍營駐紮。

孫釋與莫殤交代完，便讓小廝領他到城南別院，自己則帶著大部隊離開。

小廝領莫殤到別院時，別院總管已在門外相候，小廝見到總管，朝他點頭示意後便向莫殤告辭，回去覆命。

「玉副將，將軍已吩咐我們，在您還未立府之前，就先住在這裡，這期間若有什麼需要，吩咐一聲即可。」說罷，總管十分恭敬地朝莫殤行了禮。

莫殤回禮。「不敢，承蒙將軍厚愛，還為在下打理這些瑣事。」

總管呵呵地笑了聲。「我先帶您到您的住所一趟，若您覺得有何處不妥，儘管差人來說。這裡平時只有奴僕打掃，您隨意。」

「多謝。」莫殤淡道，不著痕跡地打量起四周。

孫釋讓他暫居的別院，格局樸實方正，不見奢華鋪陳，乍看與一般的民宅無二，卻將精緻藏於細節，搭上城南這地段的清幽和雅，還真有將塵世喧囂擋於外的寧和。

繞過幾道迴廊，他在一間小屋前停下，總管又與他說了幾句話便退下，留莫殤一人。

空蕩的景象令他有些恍惚，忽然就有種幻覺——似又回到承江院，有冥嫿相伴的那時。

想起冥嫿，他不覺勾起一抹淺微的笑弧。

十年日夜相伴，三年朝暮不見……他這一生，陪伴他最多日子的是她。如今他回來了，雖然暫時得居於他人屋簷之下……

不知她是否願意來此處與他相伴？

不……現在他有任務在身，待處理完這事，就能見到她了，不必急於一時。眼下得將戲演好，並找出幕後主使。

待一切安定下來，相見時，再將……髮簪給她吧。

摸了摸放在懷中的髮簪，他拾步往屋內走去。

翌日，大殿封賞完畢之後，永安帝傳喚莫殤至御書房。

書房外落英飄然而落，門口兩側只有兩位太監伺候，門扉緊掩，裡面別說一句，就連一個字的聲音都傳不出來。

「……請恕微臣無法做到。」莫殤單膝叩地，雙手抱拳，俯首斂眼。

永安帝居高臨下，俯看跪在面前的莫殤，聲線平板威嚴：「朕欲將公主許你，你為何推辭——是心裡有人？」

「是。」莫殤這一句答得毫不遲疑，隨後，那抹纖影在他腦海內逐漸清晰。

除了嬌嬌，他未曾想過想要哪個女子伴他一生。

嬌嬌從小伴他長大，他許多心思，她一點就通，這樣的默契除了她，他想不出還有誰可以辦到。

或者，他也不想給其他人這樣的機會。

「微臣與她自幼相識，一起長大，這世上再無女子比她更明白臣的心意。」莫殤垂下眼，聲音沒有半點伏低揚高，姿態雖恭敬，氣勢一點也不卑微。

皇上盯著他，恍惚間好像看到了誰的影子，目光一時有些朦朧。

年輕將領手握軍權，威望日高，這種時候，他只有靠姻親關係，才能確保對方的不背叛，畢竟沒有血脈相連，他如何能確定對方會效命於他？

身為帝王，他也的確只剩這條路可走了。

永安帝暗嘆一聲，想著不愧是莫崢的兒子，只是……

「……玉玹、玉玹，你為何取了這個名字？」皇上恍若隨口一問。

莫殤一愣，維持著平緩的語氣回道：「從軍前，臣不便再與將軍府有牽扯，怕露出破綻，臣所愛之人便為臣取這名字。臣兒時因病痴傻，是她朝暮相伴。她曾說臣：『雖不是玉，也是美石』。她對微臣從來都是支持信任，在她眼裡，臣不用非是『玉』，是『石』也無所謂——終究都是臣。」

永安帝沉頓須臾，看向莫殤的眼微瞇，似在打量。

「微臣此生，不求娶高門妻，只願得知心者一人。皇親之女太貴，微臣並非美玉，充其量只是成色不錯的石頭，又如何匹配得上？玉玹斗膽，請皇上收回成命！」這次，莫殤微揚高了音調，仰起的臉龐神色堅定，容貌仍舊清冷無雙。

永安帝聞言，不怒反笑，沒有答應也沒有不應。「雛城名將，又怎需自謙『只是石頭』？玉玹，賜婚可是殊榮，更能光耀門楣，你確定要斷然拒之？」

「臣……只有一顆死心眼，只能疼一個女人，忠一個國家。」莫殤答。

永安帝聞言，狀似惋惜一嘆，語調竟更見可親。

「哈哈，莫家男兒都是這樣的，家國不安，何談成家？既然你眼下沒有這個心思，暫且擱下就是。只是朕的雨霞可不是一般的公主，唯有將她許給你，才可表朕對你的愛重之心。」

雨霞公主的好，莫殤自然明白。

永安帝一共有五位公主，其中以三公主雨霞最得盛寵。她生母乃是低賤宮女，死後便交由一位妃子養育，這幾年得對方教導，加上自身上進好學，竟隱隱比下出身高貴的大公主和二公主。

除了性情溫和體貼，連容貌都是難得的傾城之貌，雖未至及笄，但盛名在京城內無人不知。

「……微臣叩謝皇上聖恩。」

永安帝聽聞這句，滿意的點頭。

也罷，他從小就養在莊子內，又看過多少姑娘？會覺得那個村姑好，不過是眼界未開罷了。

待他見過自己花容月貌的公主，還會執著於一個小丫頭嗎？永安帝心中冷笑。

「好，你退下吧。」話畢，他朝莫殤擺了擺手。

「微臣告退。」莫殤再行一禮，退了幾步之後轉身離開。

退出御書房，莫殤站在迴廊底下，仰首遙望天邊雲花，思緒飄回雒城那役的戰火血光中。

朦朧間，雲影好似和誰的身影重疊一起，恍惚中又有某人的泣聲不捨、諄諄期盼——都在他的心頭拉扯。

皇上的心思他如何不明白？但不論皇權如何傾軋，他想要守住的，不過是那群同袍交付給他、希望他能守住的家國和平。

而他自己，也只求能守住讓她安樂的天地。

他的心思，從來不在權位爭勢，他一生所冀，不過是這天下百姓安康，好給嫿嫿一個平靜盛世。

他本什麼都沒有，是嫿嫿給了他願望，讓他此生有所願、有所望。

若是能夠，他只希望這一生到盡頭前，都能有她相伴。

御書房門關起，永安帝望著掩起的門扉，靜默了好一會，才朝一旁的八門屏風道：「你這兒子的脾氣，跟你倒像。」

莫崢從屏風後走出，聞言朝永安帝拱了拱手。「請皇上恕罪。犬子自小便養在外頭，末將有失管教。」

永安帝瞥了他一眼，揮了揮手。「罷了，朕不是要追究這個。只是方才你也聽見了，他心中有人，連朕的雨霞也不要……他心中那人，你可知是誰？或者說，你由得他這樣任性？」

莫崢沉默。剛才他也有聽見，莫殤心中的人，不用查他也知道，當初他到莊子去調養的時候，府內只派了一個貼身婢女給他。

多年相伴，有感情是必然的。

只是他未曾想過兒子竟會願意為她抗逆皇命——

這個孩子，他願意由得對方這樣任性嗎？莫崢沒有答案。

「皇上欲賜公主下嫁，微臣自然歡喜。」雖然心中暫無答案，但能得公主下嫁豈是壞事，若殤兒不是這個脾氣，他自然是要高高興興迎公主進府的。

兒子自小就沒養在府中，這些年他們只將他放在莊子裡，看著每月徐管事傳來的消息，明白他一切都好便完事，從來也沒有為他多做什麼……

父子倆如今因莫家軍內奸一事而得再聚，這個孩子也出乎他意料，一點都不亞於他親自教出來的桐兒……

這樣的男子，又豈是一個粗使婢子可以匹配的？

永安帝不著痕跡地瞥了莫崢一眼，狀似不經意地道：「莫崢，朕想瞧她一瞧，你明日帶那姑娘過來給朕看看。」

莫崢一愣，雖意外永安帝這番話，但又覺在情理之中。

「……是。」

永安帝淡哼一聲，這才願意結束這話題。「既然看過了你兒子，接下來該說正事了。」

「是，這是臣收到的消息，請皇上過目。」語罷，莫崢從懷裡抽出一只信封，雙手呈給永安帝。

他一展信紙，一目十行地閱畢，臉色沉沉。「這信上所言，可信？」

「是。」隨著莫崢這一聲堅定的應答，永安帝的面色又添了幾分陰暗。

莫崢看出帝王心中所思，忍不住道：「皇上，此時發現也不晚，至少不是敵暗我明。」

永安帝蜷起手指，輕敲桌案，發出沉篤聲響。「……難為那折損的數萬大軍，沒想到他的野心這麼大，打的竟然是這樣的主意。」

莫崢垂下眼，自然也想到為了他一人，盡損的八萬軍士。「若能一舉將他擒得，那八萬人馬便不算白死。臣也不想這廝竟有如此野心，到如今地步，只能盡快將他捉拿，避免他繼續禍亂天下。」

永安帝一拍桌案，雖然已將怒氣壓下，但拍案力道不減。「這禍國殃民的餘孽！當初他父親如此，現在兒子也這樣！」

咬牙忍住怒意，他轉首看向莫崢。「你這樣說，想來已有法子了？說來聽聽。」

「是。方法很簡單，既然他給皇上下套，我們也給他下套……就用他的甕來裝他自己。」

第八章

冥嫿下落不明。

莫崢去往別莊，欲帶冥嫿前往皇宮面聖，但徐管事卻一臉惶色，對他的問話也回得支支吾吾。

莫崢被請到了大廳，徐管事垂首在他面前將詳情說一遍。

「……人不是那孩子帶走的？」

「是。少爺走後，嫿兒丫頭便說，想帶父母的骨灰回老鄉安葬，那兒路遠，來回就要三個月。起初奴才沒有多想……誰知過了半年，嫿兒還沒回來，奴才就派人去找，可全找不到人……奴才將此事稟報夫人，夫人也讓奴才找，但至今……」徐管事沒繼續說，但莫崢已明白他的意思。

至今仍是下落不明。

一個姑娘家在外頭三年沒回，若不是有什麼隱情，就是死了。

死了……死了也好，省得那孩子一直掛念，連娶公主這等榮耀都要拒絕。

莫崢垂下眼，心裡思量，好半晌才又道：「既然找不著便算了，若她活著總是要回來的。」

徐管事一驚，隨即低下頭，連忙應聲。

「是。那少爺那邊……」這幾年他也曾想過嫿兒或許是出了意外，所以回不來，但是心裡猜測是一回事，真被人說出來又是另一番感受。

要是嬿兒丫頭真遭遇不測，那少爺該怎麼辦……

莫崢離開時淡漠的扔下一句：「若他來問，如實相告就是。」

「……是。」

徐管事輕聲應答，目送老爺挺拔的身影離去。

得到冥嬿行蹤不明的消息後，莫崢便前去御書房覆命，永安帝聽了之後未有一句表示，只勾起一抹冷淡的嘲笑，便讓莫崢退下。

隔日下朝之後，他在御書房傳了旨意——召玉玹入宮。

太監來傳旨時，莫殤正在院子裡練劍，待接完旨，他換好衣裝便出門，可甫踏出門口，便覺有道視線緊鎖住他。

他斂下眼，不著痕跡地掃去一眼，隨後不動聲色的上了小廝牽來的馬，往皇宮而去。

到了御書房，那道視線才撤去，莫殤心中忖度一會，待聽得太監唱禮讓他進去，便又收回心思。

走進御書房，莫殤率先向永安帝行禮。「臣玉玹參見皇上，皇上萬歲。」

「嗯，起吧。」永安帝頭也沒抬，繼續批閱手中奏摺，然後擺了擺手讓他起身。

莫殤站起身，低著頭沒說話，靜待永安帝發話。

永安帝似是忘了面前還站著一個人，一刻鐘過去了，書房內只有筆尖摩挲紙面的輕微聲響，還有兩人若有似無的呼吸聲。

莫殤沒有半絲不耐，甚至連抬眼打量都沒有，靜靜地等待帝王說話。

不知又過去多久，直到書房內的龍腦香燃盡，永安帝才擱下筆。

「倒是個沉得住氣的。」永安帝道，唇角扯起微弧，似笑非笑的神情有幾分令人畏懼。

但莫殤始終沒有抬眸，只回：「皇上此次召臣前來，不知有何事相商？」

用得是「相商」，而不是「吩咐」……有趣。

永安帝睞他一眼，又抽過一旁的奏摺，下筆時狀似不經意地道：「那日說待你建功立業後再成家，朕思量後覺得有些欠妥。昨日與莫崢商量過後，決意還是讓你盡早娶妻，待大婚之後，你也可以和雨霞四處走走，不一定要拘於這京城之中——」

莫殤聽前言時就覺不對，聽到後面時眉尖已蹙起，也不管皇上的話說完與否，甚至不顧帝王心意，板著嗓子就道：「多謝皇上厚愛，但微臣配不上公主。」

永安帝正在書寫的手勢頓時停住，朱紅暈在紙面上，頗為突兀刺眼。

擱下筆，永安帝微瞇起眼，眼中似有風暴形成，卻又在眨眼間化去，換成一抹可稱和藹的笑意。「朕的話都還沒有說完，你急什麼？」

「你心中有人，娶了就是。雨霞識大體，你納妾她不會反對。兩人皆娶，如此忠孝恩義兩全，豈不美哉？」

莫殤一愣，意外皇帝的心意如此堅定。

但——他不願。

他默然不語，似在思忖有什麼方法能令皇上打消念頭。

永安帝淡瞥他一眼，又道：「你如此固執地想為她保留正妻之位、享嫡妻之榮，也要看她是否有福氣、性命享受。」

什麼意思？莫殤聞言擰眉，可這次他忍不住發聲。

「皇上此言何意？」

永安帝輕笑一聲。「何意？」

見他神情疑惑又戒慎，帝王開口：「你不知情也是當然的，畢竟三年音訊全無，又加上這世道……除非你刻意去尋，不然當然是不知的。」

莫殤的臉色已有些不對。

「玉玹，若是你鍾愛的那名女子不只下落不明，而是已身死異鄉……你還要為她終身不娶嗎？」

莫殤不記得自己是如何退出御書房的，只曉得當他聽到冥媱可能身死異鄉時，他整個人如墜冰窖。

穩住略為踉蹌的步伐，他離開皇城，往宮外而去。

媱媱下落不明……身死異鄉？究竟是怎麼回事，他自己去問！

莫家別莊，與他三年前離開時沒有兩樣，然而裡面等他的人——

叩了門，不多時徐管事便出來，一見是他，只頓了一下，便有禮客氣的朝他打了招呼。

他也不和徐管事囉嗦，一開口就問：「媱媱呢？」

大抵是已有心理準備，面對莫殤這聲質詢，徐管事只略垂眼，老實地道：「媱兒丫頭在您離開之後就說要回老家，之後音訊全無，我們也不知去哪裡尋她……」

「……不是被父親藏起來了？」他問，臉龐幾乎褪去血色。

徐管事不明白莫殤為什麼會這樣猜測，連忙搖首。

「不、不是！此事與將軍無關！」

莫殤身軀一震。

——是真的？

難怪，那日她沒有來接他。

她下落不明，如何能來接他？

已有三年……莫殤不禁晃了晃，腦內竄出許多令他惶懼慌亂的臆測。

嬤嬤……還活著嗎？若她還活著，一定會回來見他。

「少爺！」徐管事伸手欲扶，卻被他一手擋住。

「我去找她……」莫殤白著臉色，顫著步伐往門外走去，此時，什麼任務什麼計畫，全都被他拋在腦後。

徐管事擔憂地跟著莫殤，然而只到門口他使停步。

他沒有忘記將軍的囑咐，開門讓少爺進來之後，要如實跟他說明嬤丫頭的狀況……

可若是將軍、夫人知曉少爺這般深情，還會決定據實以告嗎？

少爺的臉色，實在是太難看了啊。

當日莫殤便一人一馬絕塵而去，一路上走走停停，逢人就問是否有見過冥嫣。他不善丹青，只能描述冥嫣的外型，一天說上好幾次也不嫌累，每問過一人，冥嫣在他心中的模樣就越發清晰。

在茶棚休憩時，他看著正中的日陽，目光有幾分迷離恍惚。

快要到了……再兩日，嫣嫣的生死下落就要揭曉了。但每前近一點，他心中的害怕便不減反增。

他在恐懼什麼？是懼她真的……不，他相信嫣嫣還活著，只是因為某些原因不能回到別莊。

但那個原因，又會是什麼？

莫殤自問，忽然有個念頭竄出腦海。

若是嫣嫣嫁人了……

只是設想冥嫣一臉溫柔地笑著與身旁的男子對望，懷中或許還有嬰孩——這一幕在他腦中不過閃現瞬間，胸房卻有一股酸楚疼痛襲來。

莫殤握緊拳，眉尖不由得攏緊。

不，嫿嫿不會嫁人，她說過會陪他一輩子——不對，嫿嫿沒有說過。

她只說會陪著他，所以，待他病好、建功立業之後，她便功成身退。

她是打算從那之後，就要與他老死不相往來了嗎？但她是莫府家生子，一生下來就是莫府的人，怎能私自——

莫殤不願再想下去，一口喝完碗中白水，隨手丟了銅錢，便拉過韁繩上馬，快馬而行。

「她是專門服侍你的沒錯，但不是你的東西，她是個人！」

「你個臭小子，姑娘家最重清白，你們兩個身分有別，你真能對她負責不成？還不快鬆手！」

「況且我是你的貼身婢女，要是你有出格的地方，最後夫人都要算我頭上，我可擔不起。」

「妳是我的婢女，歸我管。犯錯了自然我擔。」

師父的、嫿嫿的、他的嗓音，接二連三響起，那些曾經的對話再一次被他憶起。

在成為他的婢女之前，嫿嫿首先是個人。

身分有別，所以他註定不能隨自己心意；就算婚事他能做主，但父母會讓他娶媱媱嗎？

不，他們絕不會允。所以他就要將媱媱拱手讓人？

不可能！莫殤揚鞭，身下的馬兒邁蹄更快，勁風擦過他的鬢邊，從他耳旁呼嘯而過。

他的人，歸他管。

誰也不能搶！

黃泉地府今日仍舊鬼潮洶湧。

發完一輪孟婆湯的冥媱，推開帽兜坐在亭內小憩，眼角不經意瞥到亭外長長的人龍。

她頓時軟了身子，上半身挨在柱子旁。

「天啊……這還要不要讓鬼活？」才說話，就覺得自己肩膀痠疼得緊，忍不住出手輕輕地揉了揉。

旬岳一邊把冥媱剛放進鍋裡的藥湯攪拌均勻，一邊道：「您這才三天就受不住了？之前您明明可以撐個十天半月的。」他越說越有種冥嫿不中用的感慨。

冥嫿氣得差點拿桌上的湯杓往旬岳丟，起身作勢要離去。「你自己看看有多少鬼！你撐得住你來，本公主不幹了！」

旬岳被冥嫿這話一噎，霎時消聲討饒：「哎唷，我的好公主哎，都是小的說錯話了，妳可別將工作扔給小的啊……」

她冷冷一眼掃過去，旬岳登時不敢再有二話。

九公主年紀小，瞧著任性妄為，其實頗為體貼他們鬼差，通常只要討好賣乖，她還是會買帳的。

若是識趣的，就別再說話了……

往日這時候，冥嫿只會再瞪他一眼，然後奴役他給自己揉肩膀便了事，但現今她心知人間有異樣，便有些不放心，想去一趟冥王殿。

於是她板著冷臉，高傲地扭過頭，丟下一句：「我累了要去轉轉。」便瀟灑的走了。

留下旬岳在後頭苦著臉，乖乖地攪拌孟婆湯，並祈禱她逛完能早點回來。

來到人世鏡前，冥嫿施了法，伸手拂去鏡面平靜之象。

頃刻，鏡面就浮現她最想看到的景物。

莫殤呆坐在一處荒無的院內，破敗的桌椅、結網的屋梁、倒塌的門扉……每一處都顯示久無人居的模樣。

冥媱一怔，尚不明莫殤為何會在這裡，下一瞬就被他頹廢哀傷的神情驚住。

怎麼……回事？仗打輸了嗎？

可是，她昨天才聽那些欲轉生的魂靈說，雒城一戰莫殤贏了啊……而且還以「玉玹」一名名揚天下，那這頹喪樣是怎麼回事？

冥媱蹙起眉，有些不捨地去摸鏡中他的臉孔。「你怎麼了……打了勝仗為什麼不開心呢？」

彷彿是回應她的問話，鏡中的莫殤說話了，出口的聲音低啞到極致，連冥媱都不曾聽過。

「媱媱……」

在叫她？怎麼了？

「怎麼了？」

明知他聽不到，她還是應答，就像他在她面前喊她那樣——事實上也是如此，只是他聽不見。

她與他隔了一線生死，一界之差，便是不同的世界。

「嫿嫿，妳在哪裡……」

「我在……」黃泉。

冥嫿啟脣，方吐二字，便又把其餘的都嚥進喉中。

她垂下羽睫，憐惜地撫了撫他眼角，他沒有哭，可是那語調、那神情，都讓人覺得他的心在流淚。

冥嫿沒有說話，只是靜靜地看著他。

「這裡的人說沒見過妳，但是他們說妳到這裡來了……一路上我問了那麼多人，都沒人看過妳……嫿嫿，妳是在哪裡不見了……」此時他宛若失去心神，雙眼空洞呆滯，看似望著前方，實則眼與心都不見一物。

他的音調哀茫，低聲嘶啞的呢喃如同囈語。

好像問著前面的誰，但前方誰也沒有。

「是不是、是不是因為我太遲鈍，所以妳不要我了……嫿嫿，我們不是說好，會一直陪伴對方嗎？不是……說好了嗎？妳在哪裡？難道真的……死掉了嗎？」本來就已經哽咽，最後那死字艱難地逸出口時，他懸在眼眶的淚也掉了下來。

冥嫿停下撫觸他頰畔的手，好似方才不小心沾了他滾燙的淚，傷了指尖。

她心頭忽起疼痛酸楚，密密的似針扎進胸房，只留一個小口可以呼吸。

「在同蕭城那兩年，每次休沐，我都會去給妳挑簪子……還想著終於能見到妳、能親手把東西交給妳了……本想問妳喜不喜歡，或者想要怎麼樣的髮飾，我都、都可以買來送妳——可是嬈嬈，我回來了，妳卻……妳在哪裡……」

冥嬈終於忍不住，將頭靠上鏡子，與他額面相抵。

雖然只是冰冷的鏡面，但她仍覺得他就在面前，還能與他同悲。

「莫殤……你回去吧、回去吧，不要找我了。」她垂眼看著與自己臉龐相偎的俊麗容顏，本就凝在眼角的淚珠，終於落了下去。

因她一己之錯，害他痴傻數年，好不容易將他歷劫的軌跡矯正，她無論如何也不能再回去。

她可以默默喜歡他、看著他。那些喜歡，她可以自己保存，不驚動任何人……所以，不要再惦念她了。

這世為人，他還有更重要的事情要做。

就算要娶妻生子，那人也不會是她。

所以，這樣就好。

這樣就好了。

身旁一直有人。

與從他出了孫釋別院就一直跟著的，是同一撥。

為了什麼原因跟著他？莫殤坐在陰暗處，遠處只能見他哀然獨坐的身姿、聽見他細喃悲戚的低語，卻不能看見他眼裡的冷靜和沉思。

他原以為對方是皇上或是父親派來的，但細探之後卻發現不是——

那麼，或許是孫釋身後之人。

他以自身為餌，引對方來找他，若是對方想拉攏他，必然不會放過這個機會……所以他才會故意露出軟弱之態。與其讓人慢慢找他的弱點，倒不如自己先將其暴露出來——

孫釋如今乍看受皇上愛重，但其實權力已被架空，若是對方想找人來接孫釋擁有的兵權，時間對他來說不可謂不迫切。

所以他拋出的餌，對方必定會接。

全盤本就都是局。

退一步來說，若賜婚是皇上和父親的意思，那麼嬌嬌下落不明，也可能是計策之一。

表面上，是逼他就範，但也可能是製造契機，好讓幕後黑手主動接近他。

若是這樣，那麼嫇嫇的失蹤必然與皇上和父親脫不了關係。

既然他們以嫇嫇安危為籌碼，那他就順著他們的意思——將計就計。

打定主意，莫殤從懷中掏出一塊墨色玉珮，放在手心，玉珮上刻著曼珠沙華，花旁還有一個「嫇」字。他用指尖細細地摩挲那字，眼神有幾分柔軟。

嫇嫇，妳等我。

第九章

莫殤上天入地尋人的消息，很快就在京城裡傳開。

今日，就在莫殤再一次尋人無果、從城外回來時，有人叫住了他。

他循聲看去，城門口停了一輛馬車，他不甚確定地問：「請問方才……」

「是鄙人。」馬車內的嗓音透過車簾傳來，接著，簾幕被掀開一角，露出一張溫文帶有書卷氣的臉。「鄙人聽聞將軍正在尋人，不知是否有幸相助？」

莫殤臉龐並無什麼表情，只是淡問：「閣下是？」

「鄙人姓趙名青衣，說來與將軍還是同僚。聽聞將軍尋人耗費不少時間，日夜難寐、成日掛心，不忍將軍受此折磨，特前來自薦。」

他一身蒼青色衣袍，坐在馬上，長髮沒有好好梳整，只隨意用條皮繩綁起，幾綹散髮落在頰邊，為他周身的蕭索落寞又多添幾筆濃重哀色。

曾聞有人一夜生華髮，他現今雖無白髮，但周身那股氣息與那境地也差不了多少。

「趙先生……竟是國師！」莫殤細喃，似在思索是哪位朝中同僚，隨後一愣。

趙青衣輕笑一聲。「正是鄙人。不知在下可有機會幫小將軍一個忙？」

莫殤連忙下馬，朝他拱手一拜。「是在下之幸，還請國師伸出援手。玉玹感激不盡！」

莫殤這副樣子，也讓趙青衣心裡有了幾分安心。

凡是人都有弱點，他的弱點看來就是這個女子。只要能找到她，就等於拿捏住他了……這點，跟暗衛傳回的消息一樣。

前幾日孫釋與他說過，皇上已疑心他是內奸，為了計畫順利，孫釋向他推薦玉玹，並建議他來拉攏玉玹。

所以他安排這場巧遇來助對方尋人。

「不知國師有何方法？她的老家我已去過，卻沒有人見過她，我暫且也沒有其他消息——」

趙青衣聽完莫殤之言，做出思忖狀，半晌才問：「你可有這位姑娘的隨身之物？我有一術法，可依氣息尋蹤，或許能找到人。」

莫殤聞言，連忙從懷中掏出墨色玉珮，遞往對方眼前。

「這個，是她的貼身玉珮。多年來沒見她離身，我從軍前一晚，偷偷從她腰帶上解下來……」說到後面，莫殤自己都有些不好意思，耳根悄悄泛紅。

看見玉珮，趙青衣一愣。

凡人眼睛不能見，可是他卻能觀察到縈繞在那塊玉珮上的氣息。

他的面色變了幾次，遲遲沒有接過那塊玉珮。

莫殤見狀，不由得出聲詢問：「國師？」

趙青衣面色一頓，再抬眼時眸光已有幾分冷靜。

他沉著嗓音回道：「玉副將……這玉珮上全無活人氣息，你要尋之人，若不是妖孽精怪，便是魂魄已歸黃泉九幽——」

莫殤臉龐頓時失去血色。

因心內始終掛念稍早在人世鏡看到的景象，冥媱發湯時心不在焉，過了半日後終於忍不住，趁著休息之時又跑了一趟冥王殿——

鏡面影像被她拂開，她卻驚見本應繫在腰間的貼身玉珮竟在莫殤手中！

要命！她怎麼沒發現玉珮不見了！是什麼時候不見的？

她心中恰浮出這個疑問，莫殤的嗓音就透過人世鏡傳了過來，冥媱一聽，頓時撫額哀吟。

那陣子她為了莫殤從軍後能順遂，在人間忙活了幾晚，直到對方出發前一日，她回到房間喝了水之後覺得有些睏，本以為是消耗法力太多，也沒有多加留意……

難道是那天掉的？

眼下也不是管玉珮什麼時候不見的，東西在他手上，不拿回來不行——

鬼界皇族每人都有一塊玉珮，雕有曼珠沙華，花旁有自己的名字，除了辨認身分之外，還能讓他們無懼烈日下行走，以及收攏鬼氣。

她一邊目不轉睛地盯著鏡面，一邊思考著該如何回去拿東西，就見莫殤面前的男子嚴肅地道：「……這玉珮上全無活人之息，你要尋之人，若不是妖孽精怪，便是魂魄已歸黃泉九幽。」

冥嫿終於忍不住，仰天哀嘆。

這下可好，若是還想隱瞞身上的鬼氣去人間，她勢必得去找哥哥了！

借屍還魂什麼的她才不考慮……

冥嫿最後還是沒有去找冥夜，而是又跑到孟婆莊去，看有沒有藥品可以暫時掩蓋身上的氣息。

她回到凡間時，夜幕已經拉起，京城城門緊掩，只能見城樓上零星的火光，在月夜中明滅。

看著關閉的城門，再環顧一眼現在的荒郊野外……她低頭忖度了一會，寬袖一揮，隱去身形，施法往國師的府邸而去。

國師趙青衣……

她有點在意這號人物，先去探一探他。

冥嫇從暗處走出，雖是深夜時分，仍沒有把隱身術撤去。

緩步走到國師府邸前，她伸出手臂，五指平伸，以掌心對著府門，半晌才撤回手。

「果然有結界……」她看著前方喃喃自語，並不想突破結界進去一探，而是想要用某種方法讓對方找到她，再經由他的手把她交給莫殤。

得先弄清楚是怎麼回事……

若是有人要趁機對莫殤不利，還得處理完再走——想起昨日收工前，遇到的魂靈莫瀾，心中的不安又冒了出來。

照莫瀾所說，他因軍機被洩而遭敵軍俘虜，臨死前見到趙國將軍和國師兩人在他面前直言，承認雛城一戰就是他們設計，才會讓莫家軍八萬士兵盡亡，接下來有一場更大的陰謀在後……

她記得回地府前，莫殤就是為了抓出內奸才從軍的，也不曉得這內奸抓到沒有？

若是沒有，只怕這江山又要起一陣動盪了。

國師不只是要拔除莫家在黎國的地位，還要將這江山拱手讓人嗎？還是，送出江山的本意只是要鏟除莫家？

但不論是哪個，要付出的代價都太大了……

莫殤，你又想要怎麼做呢？

冥嫿長嘆一聲，對那人的憐惜又起。

這次回來，也不知她還捨不捨得走……

天全亮開之前，天際有層薄灰。

冥嫿化去隱身術，現出身形的同時，用了個小法術，將自己的外貌做些更改。打扮成費盡千辛萬苦才回京的骯髒模樣，才有可能讓國師在找到她的時候，將她領回去梳洗一番再給莫殤。

那樣就能混進他府邸了。

待一切準備就緒，冥嫿從一座破落的宅院走出來，跟附近的鬼打聽消息後，就在國師回府的路上等他。

記得他說他會追蹤法術，雖然當時他直言她可能不在人世，但莫殤應有辦法說服他，讓他一試——

那她就來試試。

今日與平時不太一樣。

趙青衣坐在馬車內，想著昨日收到的傳信，忽覺掛在腰間的香囊有些躁動。他取出囊中金鈴，在無人晃動的狀況下，它一直畫著規律的圓。有動靜了。

「停車。」他一愣，隨即叫車夫停下。

趙青衣掀開車簾走下車，一踏地，金鈴就停止畫圈，輕輕地響了起來。他手執金鈴隨著指示往前走，連續走了好幾步都是三個響聲，十幾步後，鈴聲變成兩響，再往前，變成一響。

——然後止聲。

趙青衣停步，往前看去。

前方院牆之下，一名衣著襤褸的女子倒在路邊，懷中緊緊抱著個小包袱。

是她嗎？

趙青衣不確定地將金鈴收起，走上前去確認她的身分。

「姑娘，妳還好嗎？」

冥嬉顫抖著身子，微瞇著眼打量眼前的人。「還、還好……公、公子……你知道玉、玉玹，玉副將在哪兒嗎？我一路問人，走到這裡就體力不支……」

趙青衣一愣，壓下心頭狐疑，小心地確認：「姑娘口中的玉副將我知曉，不知姑娘芳名？」

「你認識他！太、太好了！我、我叫明嬉。」

是她！

七個多月前，他受孫釋之邀，前往別院欲幫忙玉玹尋人，並以尋人為條件，要玉玹相助，奈何他一看見玉玹手中玉珮，便道他要尋之人可能已身死——他本以為上天給他的大好機會，要就此錯失。

豈料玉玹竟說，若是他能讓皇上取消他與公主的婚事並助他找到人，不論人是生是死，他都願意助他一臂之力。

本來已不抱期望，沒想到竟然被他撿到了！

掌控玉玹的籌碼又多了一個！

但是……那塊玉珮分明不是活人之物，這個女子是怎麼回事？

「明姑娘，妳終於出現了，玉副將找妳許久了。」

趙青衣心中思量，面上仍是一貫溫文儒雅，伸出手就要扶她起身，一點也不在意她身上乾不乾淨。

「玉玹……找我？」冥嫊的嗓音顫了下，似不確定自己聽到什麼。

「是啊，玉副將已找妳大半年了。妳跟我回去吧，我隨後叫人找他來接妳——鄙人姓趙，名青衣，恰好是玉副將的同僚。」

冥嫊眨了眨眼，有些遲疑。「阿玹的同僚？」

趙青衣抿脣一笑，依舊有禮地道：「對，我的府邸就在前方不遠處，與玉副將所居之處隔兩條街而已，姑娘不妨到我府上等候。若是姑娘不信我，我也可直接派人送妳過去——」

冥嫊聞言，隨即抓住他的袖子。「不，不要。趙公子，我、我想略作打理再去見他……」

「好，那就請姑娘先跟我回府一趟。」

「多謝公子。」說罷，冥嫊這才敢將手交到趙青衣手上，讓他扶她起身。

一碰到這人，冥嫊便感覺到一股銳利的氣息，如同刀刃一樣割上她的指尖、手臂。

冥嫣暗白咬牙，忍了下來，心下卻大驚。

這個人居然——

趙青衣好似沒察覺她的異樣，扶她起來後，便與她一起上馬車，往趙府直駛而去。

莫殤甫出皇宮，還未回到孫釋別院，就有小廝跑到他面前傳達消息。

他馬不停蹄的往趙青衣的府邸趕，一路上心臟狂跳，連指尖都發顫——

沒有死！嫣嫣沒有死！

經歷七個多月的煎熬，甚至最後聽聞她可能已入九幽黃泉，如今再尋到她，他有種失而復得的感動。

這麼一想，他就恨不得插翅飛到她身邊。

駿馬奔馳，彷彿能感受到主人的急迫，更是一個蹄子也沒有慢，不多時，就到了趙青衣府前。

門房早得趙青衣吩咐，喚了一旁的小廝將他領進去，自己則去照料他的馬，莫殤道了聲謝，跟著小廝往裡頭走。

還沒進到屋內，他已能看見那端坐在椅上的纖影——比起他三年前離去時，好像又更瘦了一點。

這三年來，她遭受了什麼磨難？想到她下落不明許久，他的胸口又起一陣難言的心疼憐惜，腳步如風，一刻也不想等，想將她帶走，從此藏到自己身旁好好護著。

冥嫿也察覺莫殤的目光，停下與趙青衣的對話朝他看去，視線與他對上的那瞬間，她習慣性的勾起一抹笑弧。

趙青衣看見莫殤，知道他們有很多話要說，善解人意地站起身，朝莫殤道：「所幸不負所託。你們好好聊，若是不嫌棄，午飯就留在這裡用吧。」

莫殤瞥了趙青衣一眼，面上雖仍平淡，但眼眸已洩漏他感激的情緒，他也沒有推辭。「若是國師不嫌麻煩，玉玹便叨擾一頓了。」

「不麻煩、不麻煩。」趙青衣笑道，離去前順手掩上門。

門扉被掩，屋內頓時只剩冥嫿和莫殤兩人。

莫殤一張俊臉長得比之前更好了，褪去尚存的稚嫩，又因戰場的歷練，他渾身上下都洗練出沉穩冷肅的味道——幾乎跟他的原身一模一樣。出鞘如刀，沉而有鋒。

她剛欲啟口，就被他一把抱住。

突如其來的親暱舉動，驚得她身子一僵，想出手去推他，說這樣於禮不合，隨即就察覺到他圈住她的手臂正在收緊。

雙肩也幾不可察的細顫著。

她心中忽然就漾起一片酸楚的柔軟。

她對這個人，永遠都不可能拒絕。

伸出手擁抱他，似兒時那樣拍拍他的背，張口欲言，卻又不曉得該說什麼。朝他解釋為什麼三年不見蹤影，若是用回鄉後遭到匪徒打劫輾轉才回來這點，他大概會心疼死，但是據實以告，她又說不出口。

她與他是不同世界、不同距離的人，她不敢妄想能與他相伴一世，所以才離去——這個理由他鐵定是不能接受的吧？

就算此世與他相依，之後呢？他回到天界做他的戰神，然後她懷抱著這些回憶獨自待在黃泉嗎？

不知過了多久，莫殤才鬆開她，俯首仔細打量她。「這些日子是被關起來了嗎？是不是有人對妳下手？」

冥嬿一愣，不懂莫殤為何會這樣問。「沒有人對我下手，就是回來的路上遇到人販子，我……被賣到一戶人家做工，上個月才逃出來……」本想說遭盜匪打劫，但想她孤身一個女子，遭打劫還能毫髮無傷，簡直說不過去，臨時又改口。

橫豎她真實身分說不出口，那還是隱瞞到底好了。

莫殤一聽，更是心疼，將她抱進自己懷裡。「從今以後，我護著媱媱，絕不會再讓人傷妳了。」從此，將她納入羽翼之下，好好保護她——再不讓人欺她辱她。

「……好。」明知他這句諾言只在人間有效，她還是覺得幸福。

她不貪心，若在人間走不了，她就陪他在人世過完一生——要領罰就等她回去領，她也不怨。

她只怕，積攢了這麼多的記憶，她最後……會捨不得讓他做回九天之上的玉玹神君。

受趙青衣招待用完午膳，莫殤和冥媱告辭，兩人共乘一馬，並未回孫釋的別院，而是筆直往城門口去。

到了城外，莫殤將冥媱帶到外城五里處的杏花亭。

杏花林中滿林的杏花壯麗秀美，幽遠靜謐，林內有不少小亭錯落，層層杏花形成一座屏障。

也因此，京城內才子佳人皆喜愛這處風雅之地。

走進亭子，冥嫣便耐不住了，暗裡丟了個隔音的法術，便朝莫殤道：「方才在那裡說話不方便，現在終於可以好好說了……」

「嫣嫣要說什麼？」莫殤朝她寵溺一笑。

席間幾次，國師曾話中有話，嫣嫣不知其中曲折，心內有疑也是必然。

「我來京城時聽聞國師事跡，百姓都說他是高人之徒、仙人之姿，悲天憫人、心懷天下，可是——」

跟莫瀾和她說的不一樣啊？更別說今早與他接觸時，她從他身上感受到被魔氣傷身的痛楚。

修仙之人一念成魔，那比什麼都還可怕！

就連她碰到了都沒有好果子吃。

更何況莫殤雖為戰神轉世，但他此時是凡人之軀，凡人怎能沾染魔氣？會死的！

莫殤沒有接話，似在鼓勵她繼續。

冥嫣見他如此，早前還有不通透的地方，忽然全部想通了。「你也知道了是他？跟他親近是權宜之計，為了趁機阻止陰謀？」

他一點也不意外她會說中，頷首承認。

「雒城一役趙國大敗，孫釋藉此得到封賞，在皇上面前爭得臉面。表面上他受皇上看重，實則權力已被架空，如此便不能繼續為國師所用。孫釋內奸的身分已被揭破，雖無證據，但懷疑的種子一旦種下，就不可能輕易被拔。國師不會讓皇上對他設局，所以他要趁懷疑還沒被證實之前，先斷了與孫釋的聯繫。孫釋至此已成廢子。要保國師計畫順利，他勢必得再找一個人頂替孫釋之位。父親得知此事後便稟報皇上，以我為餌，用他的計設局，引他上勾。所以，妳這時候回來，不知是好是壞……」語落，他喟嘆一聲。

怎麼會不知是好是壞？

若不是她回來，又去試探了趙青衣，她哪裡曉得事情竟然如此嚴重！

她這時回來簡直剛好！

「所以，國師現在十分信你嗎？」

莫殤思忖一會道：「之前可能還不敢盡信，但妳回來了，他就會信到十分。」

「為什麼？」

「因為他深信妳就是我的弱點，捉住妳，就是拿住了我。」

第十章

今日皇上並未留宿，入夜不久，馥貴妃聽見窗邊傳來暗號，本捧著書倚在榻上的她，便差宮女去外頭守門。

「好了。」待寢殿淨空，她才出聲，語方落，窗邊翻進一道身影。

馥貴妃放下書往他走去，嗓音也壓低了：「有事？」

「嗯。」趙青衣頷首，從懷中拿出一只漆盒交給她。「玉玹要找之人已被我尋得，但我今日見到她時覺得有異。這個東西，妳明日用個名頭將它賜給玉玹。」

馥貴妃接過，皺起眉來。「那女子有異？什麼意思？」

趙青衣回思今早與她接觸時的異狀，娓娓道：「當初他拿玉珮讓我尋人之時，那玉珮上頭分明沒有活人之氣，我也曾說那女子大抵是死了，不曾想竟會找到人……發現她時，我便心中存疑。」

馥貴妃：「那麼，她是何處有異？難道是妖？」

趙青衣搖首，臉色略沉。「不，不是妖。身上的氣息雖然很淡，但還是能分辨，不似妖，倒像……鬼。」

「鬼你應該也能收吧？」馥貴妃蹙眉。不是懷疑對方的本事，而是疑惑光天化日之下，鬼魂竟然能不魂飛魄散？

「她不一樣。」身上有鬼氣，也跟鬼類似，但並不懼怕他。

他修仙成魔，身上的魔氣別說妖，連鬼都要退避三舍——那女人為何能不受半點影響？

就是這層顧慮，讓他暫時按兵不動。

馥貴妃不懂這個，但既然非我族類，那就不是能用常理解決的，她也就不細問，而是道：「罷了，我也不想細究，既然你說要將這東西賜給玉玹，是要藉著他的手給她嗎？」

「對。」

「知道了。」

「另外，妳叫妳的人找個法子，把圖弄出來。」

「好。」

待馥貴妃這聲應畢，寢宮內已沒有趙青衣的身影。

馥貴妃捧著手中漆盒，看著盒中一雙雕工精美的三色司南珮，若有所思。

夜裡，冥嫿輾轉難眠，最後乾脆不睡了，坐起身來好好思量早前莫殤與她說的概況。

然而腦子浮現的，卻是杏花林那一句——

「因為他深信妳就是我的弱點，捉住妳，就是拿住了我。」

要命……冥嫿撫額輕吟，好不容易褪下去的頰邊紅霞，又一次悄悄地從耳後蔓延起。

她怎麼也沒想到，這次回來，莫殤竟會有這樣大的轉變。不管是外貌氣質，還是言行舉止……

更沒想到他說出那種話，她居然沒有半點抵抗能力！

這次回來好像錯了……要是再這樣下去，她會沒辦法將這份喜歡默默藏在心裡。

她一定會忍不住到九重天上的宮殿去找他——

發現自己的妄想，冥嫿飛快地搖頭，試圖把遐思甩出腦子。

然後心裡再一次默念：冥九嫿妳清醒一點！他是天界一人之下的玉玹神君、玉帝胞弟，輩分差太多了，不要妄想——九天和九幽雖差一字，但所表示的身分和位置卻差了十萬八千里！

人間這世控制不住，就去喜歡他，但過了這世，別再對他有任何妄念！

況且她這次回來，真正的目的是要取回玉珮！

說到玉珮，冥嫿倏地靈光一閃。

她瞥了眼外頭天色，心忖：此刻不就是最好時機？莫殤睡了，她潛入他房內將玉珮取回來，他應該不會發現？

但她記得，莫殤好像是貼身帶著玉珮的……

想到貼身，冥嫇又默默紅了臉，暗啐自己一聲沒出息。

八字都沒有一撇，也不可能畫出那一撇，有什麼好嬌羞的？

施法隱去身形氣息，冥嫇也不開門，纖手按上床鋪旁的牆壁，從手開始，整個身軀慢慢陷入牆壁。

莫殤睡在她隔壁，她於是決定直接穿牆。

小心地將整個身子擠到牆前，一口氣穿壁而過，這一穿，差點沒把冥嫇給嚇死——

要命！莫殤的床怎麼跟她是同一個方向的！

冥嫇瞪著前方睡得安穩的莫殤，登時連動都不敢動，雙膝屈起都要貼到胸口，雙手大開、背也直直的頂著牆面。

她直瞪著莫殤胸口平穩的起伏，又去看他的臉，過了小半刻，確定他好像沒發現她——

這才慢慢地鬆了僵直的身子。

莫殤從小練武，因根骨頗佳，所以對周圍的氣息十分敏感。隱身可以不被常人發現，但若在莫殤等武將、高手面前，只隱身不掩氣息是不夠的，他們隨時都能發現周圍有人潛伏。

若是對方的修為比自己高深，自然另當別論……可莫殤身懷仙力，雖遭她封印大半，但畢竟有靈氣傍身，不修習武術時，五感就已比別人靈敏，更別說如今他習武多年……

這凡間大概沒有人，可以在他面前完全隱形。

何況她的修為在萬年修為的戰神面前，根本連小菜都稱不上。

她來時特地處裡過身上鬼氣，連趙青衣都沒發現她不同於常人，看來也是因此，這氣息才能藏得這樣好。

感嘆回頭還是要努力修行之後，冥嫿便小心翼翼地站起身，撩起裙襬，欲從他身上跨過——

忽然眼光定格在他胸口。

從他微敞的裡衣領口，露出一角墨玉的微光。

冥嫿一愣，仔細地跨過他下了床，彎身在他床榻邊，小心地用手去挑開他的襟領……

那熟悉的曼珠沙華雕花映入眼簾，她連名字都不用看，驚恐的當下也覺萬念俱灰。

東西果然在他身上，這樣一來，就不可能神不知鬼不覺的拿走。只能當面跟他討了。

為什麼要把她的玉珮放在胸口啊……冥嫣哀嘆。

恰好莫殤在這時翻身，整個面朝她，被她略微挑開的衣領，鬆鬆地開了口，欲露不露地洩了些他胸前的春光。

線條優美的鎖骨一路往下，是略顯麥色的結實胸膛，再往下處已不能見，正好被交領給掩去剩下的光景，但也足夠讓冥嫣燒紅一張臉。

她連忙背過身去，雙手捂住臉，心裡默念非禮勿視幾十遍才停，但一停下，那一幕又浮現在腦海。

這下冥嫣連頭都不敢回，掩著臉走到床鋪不遠的牆前，繼續一邊唸著非禮勿視、我不是故意的，一邊穿牆回去……

夜還很長。

唸了整晚的非禮勿視，又加上在黃泉忙碌到沒時間休息，天亮之前，冥嫿不小心睡著了。

睡去前本想著莫殤有晨間練武的習慣，他若在院內揮劍耍拳，只要有一丁點動靜，她就會醒來，屆時再跟莫殤要東西也來得及——

卻不想，莫殤體貼她，不想吵她，便停了今日的晨練。

冥嫿驚醒時，沒聽到晨練的聲響，以為自己錯過時間，什麼也顧不得，一把撩起裙子就往他的房門衝。

「莫殤——」

偏偏就是那麼剛好，她這聲喊還沒得到莫殤回應，手就先推開了門，於是昨晚的非禮勿視等於白唸。

門內的莫殤梳洗好，正要換上裡衣，才穿到一半，門就被人從外推開——

他的胸膛上留了幾道刀疤，本是大大破壞了美感，但掛在他脖頸垂墜而下的玉珮上墨色精緻的雕花，卻襯出一種反差冷然凜冽的美。

昨晚因為視線不清，她沒看清他的胸前竟有這樣的傷痕！

剎那間困窘羞意全被她拋到腦後，她看著傷痕，一時間只覺心臟疼得像要爆開。

「媱、媱媱？」

莫殤陡然受驚，連忙將衣服穿好，卻不料冥媱不是轉身迴避，而是大步走了過來。

女人一把將他的手拿開，輕輕地摸上了他胸前的刀疤，擰著眉好久沒有說一句。

莫殤俯首凝著她，看她心疼憐惜，一股難言的情緒從心底泛上。

能得到她這樣的凝視，就算要用滿身傷疤來換也願意。

但是，他這身傷痕，不是為了要讓她難受的。

「已經不痛了，妳不要難過。」他伸出手，將她抱進懷裡。

「嗯……」她自然是明白的。那傷口已經結痂，只是痕跡可怖而已——但光是看，就覺一陣疼痛爬上骨骼。

她以為他懷有仙力，又是戰神轉世，必能戰無不勝。

卻忘了，他終究是凡人之軀，也會死會傷。

她垂下眼，並沒有推開他，而是靠在他胸前聽著心跳，感受他好好地在她身旁，忽然額頭有個東西抵住她。

耳邊的心跳好像變得有些快，胸前的肌膚也逐漸變熱……

「媱媱……」

好像猜到要發生什麼，她在他雙手按上她雙肩時打斷他。

「這是什麼？」早就看到的東西，裝作現在才發現。

她從他懷裡抽身，伸手去探，然後抓住他胸前的玉珮，疑惑地問他：「這不是我的玉珮嗎？原來在你這裡！我找了好久——」

莫殤有些尷尬，不知是頸間的東西被發現，還是他方才欲吻她卻被她不解風情的打斷。

「怎麼了？」冥媱眨了眨眼，不解地問。

「妳這玉珮給我可好？」說著，不願讓她看見他的臉色，又一把將她摟進懷裡。

「為什麼？」不能直回不可以，所以只好換個方式問——為什麼一定要她的玉珮呢？

莫殤顯然發覺這東西磕著她了，這次便稍稍避開。「我用簪子跟妳換這玉珮可好，我送妳一樣，妳也回贈我一個。」

可以說不要嗎？髮簪她不喜歡，而且又不能代表她身分……

還在想要怎麼回答比較不傷男人的心，她就感覺自己的髮髻上被人插上一支簪子——沒等到她的回覆，他就先下手為強。

「那我可以給你別的啊，為什麼要玉珮？」話一說出口，她隨後又愣住。不過她身上除了玉珮，好像也沒有別的東西了……

「意義不同。而且這上面有妳的名字。」莫殤摸了摸她的髮，垂眼看那支點綴在她髮間的髮簪，又是一笑。

「放心，簪子很好看。」

冥嫿心想，她才不是在意這個……

趙國兵敗退回邊境，休養生息不過七個多月，又有蠢蠢欲動之態，這次莫崢請旨親自上場領兵，要一雪三年前雒城受伏，導致莫家軍八萬將士盡損的恥辱。

這次開戰，兩派大臣各有異議，有人說莫崢上次已敗，實不適合再戰，應讓孫釋前去，或讓副將玉玹代替；一派則說孫釋於雒城分明是險勝，還折損不少將領，玉玹年紀尚輕，作戰經驗不足，雒城一戰不過僥倖……一時間兩派爭論不休。

永安帝也沒打算立即敲定，沉付了半晌後散了早朝，但莫崢和孫釋各有派系擁立，永安帝回御書房後他們仍在金鑾殿上爭執不止，莫殤朝國師點首示意先退，便頭也不回地走出金鑾殿。

步出殿門不久，一位宮女快步走來，手中捧著一個盒子。

「玉玹將軍，請留步！」

莫殤停步，那名宮女在他三步前停下，朝他行禮。「見過將軍，奴婢是馥安宮宮女。」

馥安宮，是馥貴妃的人。和國師站在同一陣線後，他才知曉原來皇上寵愛的馥貴妃，也是國師的人。

「請起，不知貴妃有何要事？」

宮女將手中的漆盒遞去，瞥了他一眼後隨即垂下視線，雖已盡力維持平靜，仍是在看見莫殤時雙頰泛紅。

「這是貴妃娘娘所賜。聽聞玉將軍不負所望，終成心願，特賜一對三色司南珮，寓意保平安、帶吉祥。娘娘也說了，用此物求同心相守最是靈驗，祝賀將軍能達成所願。」

莫殤接過漆盒，打開盒子看了一眼又蓋起，聽完這番話，臉上便有幾分溫和的顏色，異於往常的清淡冷冽。

「多謝娘娘賞賜，也謝娘娘吉言。」隨後朝宮女拱手一禮，對方亦回一禮。

「恭送玉將軍。」

回到別院，冥嫣正在和別院內負責灑掃的婢女說話，期間不知聊到什麼，兩個人皆笑了起來。

他不由得想起在別莊的時候。嫣嫣雖貼身照顧他，卻沒有一等大丫鬟那樣的做派，跟別莊裡的僕人都處得很好，別說許斤，連徐管事也對她稱讚有加。

冥嫣率先看到他，朝他打了招呼，婢女見到莫殤，朝他行禮後便退下。

「在聊什麼？」莫殤走到她面前，看著她笑意未退的臉，心頭暖融。

「沒什麼，就是說起她弟弟的一些趣事罷了。」冥嫣接著又說：「對了，我聽說皇上在你凱旋回京時，欲許給你一門親事，你拒絕了？」

沒料到她會提起這事，但……他也想看她是何反應。「嗯，皇上本欲讓雨霞公主下嫁，但我不願。」

冥嫣聽到他說「我不願」時，心裡的那股悶窒感終於消去。天知道在她聽聞婢女說皇上給莫殤許了一樁親事時，心頭有多不舒服。

雖然知曉他早晚會娶妻生子，對象不會是她——但真的遇上了才明白有多扎心。但她也不想問為何他不願，只要他拒絕，那就好了。

「也好，雖然娶公主很長臉，但娶妻是要過一輩子的，還是要你願意才好。」冥嫣點頭，朝他漾開一抹燦笑。

不是自己期待的回應……莫殤暗嘆一聲，正想著是不是表示得不夠明顯，還是她太遲鈍，手中抱著的盒子忽然被人一把拿走。

「這是什麼？髮簪？」冥嫇說著，動手將盒蓋打開。

早上送走莫殤之後，她才想起為何莫殤要送她髮簪。他在人世鏡裡曾說過，那是買來送她的……既然是專程買來的，算是他的心意，她也只好戴了。只不過，還是不能用玉珮跟他換……

不過，用簪子和她換玉珮，到底是什麼意思？這此間涵義她不是很懂，下次問問看好了。

「不是。」也沒氣惱她直接把東西拿走又打開，他趁她將盒子打開時，將其中一塊司南珮拿起來。

「這是貴妃娘娘賜的，說有保平安、帶吉祥的意思。我能再找到妳，將妳護在身邊，可不是一種福氣嗎？所以，把這平安吉祥帶在身邊，也是好的。」說著，他傾身把那三色司南珮親自繫上她的腰間。

冥嫇斂眸，看著他神色溫柔的為她繫上玉珮，這一刻心頭充盈一股甜蜜。

莫殤繫好玉珮，恰好抬起頭，撞見冥嫇柔暖眼色，心神一盪，幾乎是本能、不帶思考的，吻上了她的唇。

溫熱中帶著一抹冷冽的氣息，突然印上她雙脣，竄進她的鼻息，冥嫣頓時瞠目，要推捨不得，不推也不是——

莫殤見狀，輕笑出聲稍退開一些，啟脣後的嗓音低啞而惑人。

「妳別一直看著我。閉上眼，就不緊張了。」

「誰、誰緊張了！」冥嫣整張臉頓時燒得更像彩霞一樣紅，反駁的話都結巴。

「好，不緊張，那乖乖把眼睛閉上……」說著，便用手蓋上她眼眸，俯身再一次吻了上去。

冥嫣被遮住眼，啥也看不到，才想掙扎，整個人就被他攬進懷中，頓時不只是脣齒，連身子都沾染了他的氣息——

然而光是這樣不夠，不只將她身軀鍍上他的氣息，他更像要在她身上烙下屬於他的印子。

只有這樣，懷裡的這個人，才能是他的。

人歸他，命歸他——全部都歸他。

昏頭之際，冥嫣腦海裡只有這樣一句：要命了……

第十一章

這邊還舉棋不定，趙國已來勢洶洶。

大戰在即，永安帝最後答應了莫崢的請求，讓他領兵出征，對抗趙國大軍。敲定莫崢後，兩派人馬各有喜憂。

莫殤一如往常，下了朝便回孫釋別院。他今早出門時便和冥嫣說好，待他回去就帶她去逛鋪子、吃小點。

待他回到別院時，冥嫣已撐著傘在門前等他。

不知是不是他的錯覺，這幾日嫣嫣的臉色都不太好，想讓大夫來給她看診，她卻推說沒事。

「怎麼不在裡面等我？我自會去接妳。」將馬交給一旁的小廝，他走到她面前，有些心疼地道。

冥嫣略移開傘，朝他漾開一抹笑弧，不以為然地安慰他：「沒事，是日頭太大了，我從以前就不禁晒，你忘了？」

自上次莫殤給她繫上司南珮後，又過了半個月，兩人行止一如往常，只是偶有些親暱之舉。

若不是莫殤深知不是夢，還真要懷疑自己了。

嫣嫣這樣，應該是不排斥的意思吧？

「那妳傘給我，我撐。妳走近些，我多少能擋一點太陽。」說著，接過她手中遞來的傘，將她的身子攬近，兩人共撐一把傘上街。

「這樣怕日頭，說是大小姐比較有人信。」

冥嬬斜睨他一眼。「但偏偏我就不是大小姐啊，小、少、爺。」

莫殤見她這俏皮樣，忍不住輕笑，更有幾分愛憐。「不是也沒關係，有我在，妳就是大小姐。」

冥嬬一愣，沒料到他會說出這樣子的話。好像真將她納入羽翼之下，將她當成他的誰去寵……

她，可以奢望嗎？這一刻，心扉被觸動，一股衝動從她心口冒出，叫囂著她快做決定。

「……真的？」她輕眨了下眼，定定地望著他，似要看進他眼眸深處。

莫殤，只要你應我，我就賭。

用這一世在人界的時間，賭你這一場許諾。

「真的。」好似看懂冥嬬眼裡的涵義，他堅定地頷首，清冷俊麗的顏龐滿是認真。

緩緩的，冥嬬笑了。

恍若三月的桃花開遍心裡，入目的都是燦爛醺然。

一座酒樓坐落在繁華區的最外頭，半熱鬧半清寂的，反而成了首城裡特殊的風格。不想喧鬧的人都會來此，或飲酒或用膳，不論早晚，都可依自己喜好選擇位置。

莫殤一路牽著冥嫿走到酒樓外，兩人之間有時耳語有時無聲，但沒人覺得靜謐時令人心慌，只因對方在自己身旁，那樣的安心已經足夠。

莫殤停下腳步，傾低了身子，問一旁的冥嫿意見。

「嫿嫿想吃館子，還是攤子？」說著，他比了身側的酒樓，又比了前方的小麵攤。

冥嫿睜著一雙美眸。「真讓我選嗎？我鐵定是選那邊的。」然後，她想也不想地指著前方的小麵攤。

反正她不是真的需要進食，吃五文錢的麵和吃五十文的飯菜對她來說都一樣。還是省錢得好，聽說凡人的銀子不好掙。

「就知道。」莫殤失笑，只覺得眼前這人越發令人疼愛，他想寵她，想將之前不能做的，慢慢的做足。

「可是我想帶嫿嫿去吃好吃的。」像是跟她作對一般，比著被她略過不選的酒樓。

「……你都決定了還問我。」冥嫣忍不住瞟他一眼。「你想吃我是沒有意見，可是銀子真的要這樣花嗎？」

雖然說他出身莫家，不缺銀錢花用，再加上戰功赫赫、深得聖上寵愛，但就算這樣還是得省著用錢。

「又不是經常吃大餐，別說我本就想幫妳補身子，今日妳等得久了，我也該補償妳啊。」說著，也不給她機會反駁，直接拉了她的手往裡頭走。

守在門口的夥計一見兩人上門，十分熱情的招呼了他們進去，莫說莫殤如今名氣大，京城裡幾乎無人不知，光他那張臉，也足以被人記著許久不忘。

如今莫殤不僅親臨酒樓，還帶著一名姑娘——

狀似親密無間，莫不是將軍前陣子在尋的那位？

「將軍，需要給您介紹一下店裡的菜色嗎？」夥計引了兩人落坐，翻開了桌上最新一季的菜單，供兩人賞閱。

「嫣嫣？」莫殤抬眸看坐在對面的冥嫣，只見她拿著菜單細看，頗為認真的研究——

甚至沒聽到他在喊她。

「嫣嫣。」他又喊，看她小臉快埋進菜單裡面，不禁莞薾。

「莫殤、莫殤，這道『紫玉白蓮酥』我想吃，還有這個『芙蓉玉潤糕』和這個——」她將菜單攤開，指著單子上的甜品，露出了嘴饞的表情，雙眼水亮的瞅著他。

「只吃甜品不行，方才說好了要吃飯的。」

冥嫿皺眉。剛剛說要寵她的人轉眼就不寵她了……

「沒說不讓妳吃。至少選一樣，要吃飯還是麵？」見她那哀怨的模樣，莫殤哪裡不知她此時正在腹誹。

聽到這句，冥嫿才緩了臉色，對他道：「隨你。」

反正她只吃甜點，其他的她都不會吃太多。

她一說完，莫殤隨即順著她剛唸出的菜名點了一次。「那吃麵吧。」男人朝她說了這句，冥嫿只能乖乖的點頭，然後莫殤加點了個湯麵，便讓夥計退了下去。

「好咧，請將軍稍待。」確認了膳食無誤後，夥計便退了下去，臨走前又偷偷瞟了兩人一眼。

「莫殤……」冥嫿小心地瞧了瞧四周，往前伏低身子喊他，莫殤見狀，也不著痕跡的傾低身子。

「怎麼了？」

「我這樣跟你出來是不是——不太好？」冥嬑小小聲的問，說出這句話的同時，耳邊仍能聽見旁人不停的絮語，不外乎就是一旁的人好奇的探問她身分，還有他是不是已經娶妻之類的云云。

「怎麼了？」莫殤挑眉，不太明白她這句話的意思。他自然也注意到周遭的目光，但是他行事坦蕩，不覺得有何不妥之處。

況且，如今他巴不得全京城的人都知道他心有所屬。

「就、就是——」她張口正想要解釋，隨即又想到這裡是人多嘈雜之處，想起莫殤之前曾說他為了引國師上勾，特意在他面前表露自己是他弱點一事。

嗯，也許莫殤有其他用意呢。

再說了，出來轉轉也好，好讓這些女子明白，她們的春閨夢裡人——已是她的人了！

思及此，冥嬑不由得甜蜜地竊笑，滿臉藏不住的嬌美。

「嬑嬑？」遲遲等不到她話的莫殤忍不住催促，但見她的臉色，又好像猜到她的想法。

「沒事。」

「好。」

他頷首，沒有再多說一字，正巧他們所點的膳食甜品陸續上桌，莫殤將麵推到冥媱面前，將筷箸遞給她，讓她先食。

冥媱想著要快點吃到那白淨的紫玉白蓮酥，接過筷箸便吃起了麵來。

三口併作兩口，冥媱雖然吃得快，但動作也稱不上狼吞虎嚥，仍有一絲秀氣優雅。將口中的麵條嚼了幾下再吞下，冥媱又喝了口湯後，才將整碗幾乎沒動過的麵推到莫殤面前。

可才推到一半，就被莫殤擋了下來，冥媱看著他這舉動不很明白。「莫殤，我不吃了。」未竟的意思就是：剩下的都給你，為何推回來？

「再吃一口。」真有那麼迫不及待想吃甜品嗎？麵才吃兩口，頂多就墊胃，就不信她會飽！

就是都只吃甜點，這身子才養不胖。

冥媱蹙眉，眼神有些小哀怨，默默的又將碗端了回來，低頭吃了一口，然後推過去。

說一口就是一口，絕對不多。

「給我。」

然後就快手的拿過擱在旁邊的甜品，放在面前。

疆域頓時劃分得很明顯，無聲的告訴莫殤，她面前已沒位置了，休想要再把麵推回來。

莫殤無奈，將麵端了過來，拿起她方才用過的筷箸。

周遭又是一陣暗地驚雷，抽氣聲還有筷箸落地或是杯水傾倒的聲響，此起彼落。

莫殤俯首吃麵，對這些聲響恍若未聞，但那嘴角卻微微上挑。

白嫩的紫玉白蓮酥，散著一股淺淡的奶香，冥嫣拈了一個起來，端詳了半晌才咬了一口。

這是冥嫣的習慣，吃甜品之前都會先欣賞一下，吸嗅食物香氣之後再放進嘴裡品嘗。

冥嫣不用吃東西，可是她的味覺非常好。在黃泉時每每想起人間的甜食，都會垂涎好幾尺。

「好吃嗎？」見她咬了一口，莫殤也停下進食的舉動，好奇的問了一句。

冥嫣咀嚼著口中的食物，而後又像是不夠似的，把剩下的白蓮酥整個放進了嘴裡，片刻後才回答莫殤的話。

「好吃。」

在吃過紫玉白蓮酥之後，冥嫣又拿起乳白色的芙蓉玉潤糕，仿著方才的動作將它吃進去。

「不錯的話帶一份回去？」莫殤吃到一半，突然這麼提議，見她歡喜倒便也滿足。

「不用，吃過就好了。這樣明日你才能再帶我去吃別的。」說得理所當然，還不忘給他一抹笑靨。

他聞言失笑，卻還是寵溺地應了聲：「好。」

午後，將軍府收到一封信。

總管上呈後由莫桐拿到書房裡給莫崢。

「是弟弟的傳信嗎？」莫桐看著莫崢沉凝的表情，忍不住問。

「嗯。」莫崢看完信，順手點起燭火，將信一把燒了。「他說國師會讓我在出征途中出紕漏，進而丟掉兵權，隨後的中軍將接管，屆時，國師會再傳令給他，告知下一步誰來接應。」

「所以國師要藉此役拔除我們？」莫桐猜想父親一定也想到了這點。

莫崢依舊是那副若有所思的表情。

莫桐卻覺得山雨欲來。

趙國這次以雷霆之姿再犯黎國邊境，顯然做了萬全準備，這次黎國不敢大意，可從聖旨下到擬好出戰方略也不過三天時間。

除了驍勇的莫家軍幾乎傾巢而出外，雒城一戰成名的玉玹，也首次以一軍主帥之名上陣。

因此次趙國來勢洶洶，黎國也不能等閒視之，莫崢率前軍啟程不久，莫殤亦領中軍隨後，後軍則暫時殿後不發。

以往總是跟隨父親征戰的長子莫桐，此次並未出征，而是以保衛皇室和百姓安全之名留在京城。

所有環節都如趙青衣的計畫。

當天夜晚，他便去信給馥貴妃，讓她先取得兵防圖，待他下一步命令。

不料，隔日一早，馥貴妃竟被永安帝軟禁在馥安宮內，侍衛重重把守，斷絕她與趙青衣的聯絡。

早朝時，永安帝下旨讓趙青衣前往寶塔，為此番出征的軍隊祈福，祝他們凱旋而歸。

莫崢率前軍先行，隨後的莫殤收到旨意，三日後啟程出發。

臨行前幾日他與冥嫇仍是一同往常，下朝後一起逛市集，或是到城外走走，晚上則並坐在院內賞月看星星，聽莫殤說從軍時的趣事。

直到最後一日。

莫殤帶冥嫇到城外的將軍陵。

黎國城外有一處地方被稱為將軍陵，專葬孤兒、或是沒有後人供養，卻為國家犧牲的將領士兵。

陵前設有一座小堂，供香火，也有專人清掃，很是清幽。

冥嫇被莫殤帶來這裡，也沒有問上一句為什麼，只是乖順地跟著他走，隨著他拿香參拜……雖然那些鬼根本不敢受，看到她的時候退了三步。

走出小堂，莫殤便牽著她的手在附近逛——好像是要讓她看誰，或是讓誰看她。

跟著莫殤走了一小段路，終於在一座小山頭上的涼亭停步。

「……我回京之前，大家都說想看妳。如今，終是有機會帶妳來給他們看了。」

莫殤斂下眼，似俯首遙望前方的山巒，又像在看沉睡在地下的將士白骨。

冥嫿伸手握住他的手，嗓音輕輕：「是你說的那幾個兄弟嗎？」

「嗯。」他側首回望，目光柔柔。「子楚說若我臉色難看，只要講到妳，臉色就會和緩，我起初不信，但同僚紛紛作證。只可惜雒城一役，兩軍交戰滿天血光，我本以為護得了他們，卻不料還是讓大家都死了。」

「你不要難過。人間死去，地府輪迴，還能轉生的。」冥嫿輕道。

對她來說，凡人死去只是入一個新的輪迴，命魂仍在，就不算死——死是，直到命魂也無力輪迴，於這個世界中灰飛煙滅。

「嗯。他們的願望是天下太平，再也不要有戰亂。我兄弟甚至說——打出一個太平盛世，讓他來生安穩度日。」那豪爽的漢子滿臉是血，陪他戰至最後一刻，臨死前還不忘笑著跟他相約來世做親兄弟。

「所以，此役我要徹底斷了趙國還有國師的念想。」他閉了閉眼，看向身旁朝他笑得溫柔的冥嫿。

總是這樣，只要他想做什麼，她都是支持他的。

以前不會變，以後也不會變。

「好。」冥嫿走前兩步，抱住他的腰，偎在他懷中道：「此役一去，就斷了趙國和國師的念想，還天下太平，再無戰禍。不論如何，我總是陪著你的。」

「嗯。人不在，心卻在。」單臂攬住她，稍微側身從懷中拿出一支紫玉簪，簪上她髮髻之間。

「又是簪子？」冥嫿抬手想去摸，卻被他一手按下。「你真的好喜歡給我買簪子，夠用就好了啊……」又不是非得天天都換。

莫殤輕笑一聲，將她攬回懷中抱好。「這支簪子不同以往，是紫玉雕成的月季花。而且，一支簪子是一輩子，兩支是兩輩子。」

所以，是想要兩輩子都跟她在一起嗎？冥嫿欣悅地淺笑，心裡又軟了幾分。

「月季？是跟牡丹很像的那個？」

「嗯。牡丹乃花中帝王，月季是花中之后。意思是我會把妳寵成跟宮裡的那位差不多。」

「不相信……昨晚還禁我吃甜食。」懷中這位已經噘起小嘴反駁。

「吃多脹氣。」莫殤寵溺道，低頭吻上她額頭。「待我得勝回來，妳還想吃什麼，我全帶妳去，可好？」

「好呀，這可是你說的啊！食言的人要被懲罰的！」

莫殤笑應了聲好，又道：「嫿嫿……」

「什麼？」被他抱著，只能聽見他沉穩的心跳聲、嗅著他身上的味道，看不見他的表情，卻能聽他柔得似水的嗓。

「若我得勝，妳可否——」

「可否什麼？」

「……沒什麼，還是等我回來再說好了。」

等我凱旋歸來，妳可否嫁給我？屆時，他將與她一生相依相伴，海角天涯，一雙人去走。

「好。」她答。

第十二章

趙青衣覺得眼下的情況有些奇怪。

六日前他奉旨到寶塔內，為出征的莫家軍祈福，然而自他進入寶塔之後，永安帝便派了重重侍衛守在塔外，對外說是要護衛他的安全，但他覺得更像——軟禁。

他暗中觀察幾日，也試圖到塔外走動，卻被侍衛攔住，更加證實他的猜測。

為什麼皇上要軟禁他？他最近並無動作……難道是孫釋與他的關係被發現了？

他不動聲色地在塔內又待了幾天，每晚都會站在塔廊下夜觀天象。

夜幕之中，只有幾顆星子閃爍微光，其中一顆黯淡，另一顆星芒卻有閃耀之狀，更重要的是兩星對立。

趙青衣瞇起眼，心中一閃而過的靈犀讓他身子一震。

破軍……

莫殤臨走前，本要將冥婬用別的理由，從孫釋別院帶走，被冥婬以「若是她在，更能令國師放心」為由拒絕。

因為相信莫殤定然能得勝歸來，再加上臨走前莫殤有交代計畫，更安排好若是京城有變，莫家會隨時支援她。

她要保證的就是動亂之時，她能到達相約的地點，讓莫桐將她接回莫家，並等他回來。

這自然是小事，依她之能，不用趁亂，也可以走得無聲無息。

也因此，除了早晚吃飯時出現一下，其餘時間她都待在房間裡頭休息。

而冥嫣發覺自己近來的身子狀況不太對勁。

雖然玉珮不在身上會讓她有些畏懼陽光，但還不至於晒了一會兒日頭，就腦袋發暈、身子發軟。

這個狀況讓她疑惑，卻怎麼也想不出來是哪裡出問題，只能歸於人世鏡上頭。之前她在黃泉人世鏡前，發出一道掌風救了莫殤，因違反冥府戒律，當下鮮血直流，她的功體也被鎖了大半。

也許是因為這樣，再加上玉珮不在身上，所以才會導致太陽一晒，她腦子和身體就發軟發暈？

思來想去或許真是這樣，冥嫣未再糾結，不出房門時就在床上躺著。

這樣的不知日子過去多久，直到某天，冥嫣從昏沉的意識中醒來，發現不只腦子暈，連身子都開始發重。

她困難地坐起身，第一次覺得輕盈的身體重得跟巨石沒兩樣，氣喘吁吁地靠在床柱上，視線正好對到桌上的飯菜——

對了，她有幾天沒吃飯了？

為了不讓婢女起疑，她每日都會多少吃一點，直到她睡的時間越來越長，長到沒辦法準時……

正欲深想，門邊傳來婢女交談的嗓音。

「欸，妳說她該不會是死了吧？都十天沒用過飯菜了。別說飯菜，我瞧她在床上連動也沒動一下，睡得跟──」

忽然一陣清脆的啪響，顯然是方才那人被打了一下。

接著又有另一道嗓音道：「她本就是死人，妳沒聽總管說嗎？裡頭那個不是人，是鬼啊！」

聽到這句，冥嬈倏地一顫，好似有人兜頭潑了她盆冷水。

「可是鬼不是不能在烈日下行走嗎？為什麼她就可以……」

「不知道……不過總管有交代，不管她是鬼是妖，都要好好看住她，她一有動靜，就要趕緊通報。」

「這要怎麼看呀？要是真像總管說的，她是妖鬼而不是人，那她要上天遁地，咱們哪攔得住？」說完，聲音有幾分抱怨。

「總管說，她身上已被國師下咒，走不了的！所以這幾日不是一直睡著沒醒嗎？

說來她也真是了不得，國師都親自出手，也還是拖了這些日子才讓她衰弱……」

「呀……這麼厲害的女鬼怎麼就留我們照看呢？應該換個人來啊……」說到這兒，小丫頭的聲音已有幾分抖，一旁膽大的婢女連忙安慰她。

然而不管兩人再說什麼，都入不了冥嫿耳裡。

國師在她身上下咒？什麼時候？國師只有近過她的身一次，就是她初來欲試探他的那次——

難道那時他就在她身上下了咒術？冥嫿剛這麼想，隨即否定。

不可能，能對付鬼界皇族的咒術很耗時，而且被下咒的當下她也不可能毫無所覺，那麼，到底是在什麼時候？

她正垂首低忖，眼角卻瞥到腰間的玉珮。同時間，門前忽起一陣動靜，冥嫿剛抬頭去看，門已被人撞開。

守門的婢女雙雙躺倒在門口，門扉大開，趙青衣大步朝她走來。

冥嫿警戒地盯著趙青衣，藏在袖裡的手悄然凝起靈力，待趙青衣一近她身前，她立即彈指打去，卻不料他早有防範，一手化去她的法術，另一掌將她推倒在床。

「都已是強弩之末，還妄想與我作對？若妳乖些，我還能留妳一口氣，讓妳與他團聚……否則別怪我手狠，一時不察就殺掉妳。」說著，他一把撈起冥嫿的身子，將她扛上肩頭，身子一掠便前行幾尺，如同他來時迅速。

冥嫿身子本就虛弱發重，用了靈力反擊未成又被一掌擊中，已沒有半點反抗的力氣，只能任他扛在肩上一路飛簷走壁。

墨夜靜寂，只餘夜風在耳邊呼嘯。

「你……想對玉玹做什麼？」他將她擄走，難道是發現計畫敗露，所以要抓走她，好用來威脅莫殤？

他冷哼，滿眼譏誚。「我想對他做啥？妳怎麼不說你們想對我做什麼？」

他果然看穿了！

「你身為一國國師，就沒想過，若是你真的叛國，將置這黎民百姓於何地？戰火起，生靈塗炭，你——」

「黎民百姓與我何干！永安帝滅我全族之時，何曾想過我沈家也是他的子民？我顛沛流離之時，只有趙國援我護我！我以黎國江山相送，報此恩情，何錯之有？」

簡直、簡直是胡言亂語！

冥嫿的身軀早已不能支撐，趙青衣這句回話讓她一噎，已經發暈的腦袋登時就不運作了，頭一歪，意識便被黑暗席捲。

趙青衣完全沒有停下查看冥嫿的意思，仍是一路飛奔，好似速度只要慢下一點就有可能會被追兵趕上。他趁今夜守備交替時尋空隙脫逃，若是被抓住，就是死路一條——

他得快點趕到與趙國相約會合之處！

戰火以雛城為始點，一路燒到趙國邊境。

兩軍相交，以無數鮮血為幕、數不盡的屍骸做底，在這片土地上留下慘烈的痕跡。

一個月前，莫崢率領前軍甫到同蕭城，雛城前線便傳來告急戰報，莫崢隨即點兵出戰，馬不停蹄地趕到雛城相援，經過六日奮戰，終是守住雛城。

期間，趙軍與黎軍在雛城附近發生多起零星小戰。待莫殤率軍趕到後，莫崢便不再處於被動狀態，反守為攻。

再醒來，入眼一片漆黑，但耳邊卻有聲響不止，凝神去聽，原來是對話聲。

冥嫣眨了眨眼，待身子的不適略微緩和之後，撐起身軀坐起，伸手去解腰間的三色司南珮。

即使已十分小心步避開玉珮，但耗損過多的功體也保護不了她，仍是被它傷到一點。

解下玉珮後她隨手將它扔進床鋪，無視指尖的黑痕，默誦心法調息。

萬籟俱寂，方圓百尺之地的聲響都傳入她耳中。

「你說那個叫趙青衣的人真的可以信嗎？他可是黎國人！」

「聽說上次雛城一戰，能順利使莫家軍中計就是這人的功勞，且君上有恩於他……他這次叛國幫我們，也沒有退路回黎國了，應該可以信。」

「可是他如今都來第三天了，也沒見有什麼稀奇的地方……黎國百姓不是傳他會仙法？那降個幾道雷劈死莫崢和玉玹，咱們也不用再打下去了！」

「啐！出息，男子漢大丈夫，哪能這樣打仗呢！」

心法運轉幾個周天之後，冥嫊才有了些力氣，她站起身來，四處查看。

屋內放有一張床榻，沒有窗子，只有前面那一道門……她正想動用法術逃脫，一股力量隨即從四面八方反彈而來，冥嫊急閃，又躲回床鋪上面。

有結界！她出不去！

想起門前兩人的對話，她心下焦急更甚幾分。

看來她應該是被擄到莫殤所在的前線了，趙青衣把她帶到這裡是想趁機拿她要脅莫殤，她絕對不能留下，要想辦法逃走！

可是她要怎麼逃？四面八方都是趙青衣用魔氣結起的結界，她走不出去……

抿起脣，冥嫣忽而靈光一閃，拆了床紗上的瓔珞，重重擲到地上。清脆的碎裂聲，成功地引起門口兩人的注意。

她閃身到門邊守著，待門一開——

「怎麼回事？人呢！」一人推開門，拿著燭火往裡頭一照，入目所及之處沒有半個人影——

「糟糕，人逃走——」話還沒說完，後頸忽然遭人重擊，他身子一軟，頓時倒在地上。

而跟著他進來的那人退出房間，輕悄地將門掩上，環顧左右都無人，他往前走到一旁的樹下坐下，不過眨眼瞬間，他的身軀就靠倒在樹幹上，看起來就像是睡著了——他的面前站著冥嫣。

她在他額間一點，又捏了個法術彈向倒在房內地上的人；處理完畢，冥嫣不敢耽擱，捏了法訣就跑。

得找個安全的地方藏起來，她絕對不能拖累莫殤。

趙青衣和楊綱針對當前的戰局擬定一套計畫。兩軍現在各據一城，莫崢因為早前趙青衣的設計，兵力有損傷，當下只能依靠莫殤的中軍。

中軍做主力，莫崢的前軍成為前鋒部隊。

雒城由莫家據守，雒城往北，便是趙國邊城。

雒城因久攻不下，且士兵因莫殤多日勝仗氣勢如虹，這幾日的零星小戰未嘗敗績，雒城守衛越發堅固難攻。

反觀趙軍，因趙青衣此次失利，兵防圖沒拿到手不要緊，連帶馥貴妃和孫釋也先後陷在京城，多日來的抑鬱情緒不得抒發，讓趙青衣渾身的戾氣多了幾分。

楊綱也因多次嘗敗，導致趙國皇帝數次下達聖旨要他退兵，他心裡各種憋屈不甘，更恨不得想用這仗的勝利來為自己出一口氣。

於是兩人有了共識——兵分兩路前往同蕭城。

雒城久攻不下，那就繞道而取，採迂迴之戰——攻顯南。

消息指出莫崢因舊傷復發，退守同蕭城，此時就算有他守城，也未必能抵擋趙軍攻勢。顯南城位於雒城西方，而顯南城的城守是個新官，多年顯南仗著有天險，且轄屬地區內太平無戰事，護城軍疏於訓練——

而顯南的天險，趙青衣在親身前往探看之後，發現還是有可用之處，便打算前往顯南設伏，而楊綱在雒城則以一戰騙過莫殤，等攻陷同蕭之後，他與楊綱行成合圍之勢，一舉將雒城張口吞下！

兩人又討論了一會細節，直到確定好才散會。趙青衣這時才想起被他帶來後就失去意識，一直睡著的冥嫿。

這女人是他的保命符，掐著她，要是玉玹有什麼變動，還可以拿她要脅……心裡算盤打得響，但當他來到關押冥嫿的房前時，守衛卻驚慌地跑了過來。

當下他心中一沉，也顧不得他們說什麼，撥開他們上前一看——

空的！沒有半個人影！

瞠目欲裂地掀開被單，甩落了司南珮，他臉色立即一片青白。

她發現是這塊玉珮削弱了她的力量！

她撐了這麼多日子，他很意外她的堅韌，還想著要替她取下司南珮，另外下一道禁制術箝制她，好讓她維持氣息……

難道，是死了？最終，還是被咒術消磨掉元神之力，灰飛煙滅？

房間四壁被他下了結界，只要她動用法術，必受反彈，其反彈力道是她法術強度的三倍有餘！若她心急逃離這裡，必會使出最大的力氣——

猶在思考，忽見牆面有被反彈過後的痕跡，地上也有碎裂的瓔珞。

看來是元神被耗盡，死了。

趙青衣鬆了氣，朝追他而來的士兵瞥了一眼，淡然地道：「無事，她是被法術反彈而死。」真是可惜，本來還想捏住她威脅玉玹的……不過，若是玉玹聽到她的死訊又會如何呢？

他擺擺手，告知他們散了，便逕自往自己的房間走去。

士兵兩人聞言，這才緩了氣，對看一眼後便各自回到軍營裡。

對於記憶中那有片段的空白，他們沒有追究。

雛城城守府內，莫崢和莫殤兩人正在討論。

「父親舊傷復發的消息已經放出去了，雛城久攻不下，他們定會想辦法繞道……」莫殤指著地圖上的顯南城，比劃一條路線，語氣十分肯定。「應會這樣走。」

莫崢凝目，沒有說話，半晌抬眸，看向莫殤的神情有些復雜。「顯南城有天險，你為何確定他們會走顯南，不從其他方向包抄？」

莫殤只淺勾脣角，似笑非笑。「前幾日不是得到消息，說趙國邊城城牆上出現一個疑似國師的人嗎？恰好，皇上也讓國師在寶塔祈福……京城那邊雖然沒有傳出國師出逃的消息，但父親就相信國師真的還在塔內嗎？」

「盛傳趙青衣是高人之徒，雖不知他能耐幾何，但顯南城的天險，對他來說可能也不放在眼裡。若是我們篤信他不會擇顯南，那我們就輸了。」莫殤指尖輕叩桌案兩下，發出篤篤之響。「明日我去探楊綱，父親只需派人盯好顯南一處就是。一旦顯南有異，雛城就換您坐鎮了。」

「……好。」已見識過他本事的莫崢，沒有反對，應了他的話。

商議完畢，莫殤轉身走出房門，對一旁的士兵吩咐幾句，隨後便離開。莫崢仍站在原地。

忽然想起那日兒子領著中軍到達的時候。

他從城牆梯處走來，一臉平淡冷靜，與身上的銀白鎧甲相襯，更有種俊麗挺拔的偉岸，跟天邊隱隱落在他身邊的曦光，相映成一種忍不住讓人匍匐在前的高貴姿態——莫崢有瞬時的目眩。

他還記得自己當初說：「這裡沒有外人，叫父親吧。」

那時想，他想聽這男人叫他一聲「父親」——對，在他眼裡，這個本應是他孩子的人，是從何時變成了男人呢？

他從善如流，淡淡地喊了聲：「父親。」

也是那一刻，他忽然驚覺，在他不曉得時，這個孩子已經成長了許多。

長成現在——令他如此驕傲，又讓他無比陌生的樣子。

兩軍對壘，楊綱依照計畫，與莫殤在雒城附近相戰一場，楊綱兵敗後退守，已有十日不見動靜，而顯南城附近的情況，皆如莫殤所料。

這裡也照計畫進行——

趙青衣領一隊軍馬打算突襲顯南城，並殺他們一個措手不及時，才發現自己落入了圈套！

在他還來不及反應的時候，凜冽鮮紅的血花已噴灑飛濺，撕裂長空。

本應能奪下的顯南城，最後還是被黎軍牢牢握在手中——不對，是握在那個男人的手裡。

趙青衣站在顯南城牆上，居高臨下地看著玉玹——不，也不能叫他玉玹了。直到今日，他才看出他的身分。

莫家嫡次子，莫殤。

莫家藏了十幾年的破軍，果真如他的命格一般，縱橫天下，無所不往。

他遊刃有餘，一邊與楊綱在馬上對戰，一邊還能指揮城內的巷弄戰，將他帶進的黑青軍殺得潰散四竄……就像貓抓老鼠。

直到現在，他仍不明白自己究竟是哪裡漏算，才讓情況發展到如此不可收拾的地步！

每一個細節都是算好的，包括莫殤本來應該要出現的失敗。

但是沒有！

為什麼沒有！他要將永安帝的江山送人，為了這一天他策劃了多久、忍耐了多久，為何卻在這關鍵一刻敗了！

刀光劍影之中，他一襲黑色斗篷佇立在城牆上面，底下的將領士兵殺得熱烈，刀芒劍光一刻都捨不得分開，血液瘋狂的噴灑，染紅了這一片。

他在這裡，好似站在世界頂端，又好像是世界的深淵——其實也只是一線之隔罷了。

忽爾，他大笑起來，笑得前俯後仰，然後又嘲諷地冷嗤了一聲。

果真是聰明的破軍，因為看出他想要將他葬送在這裡，便將計就計，幫他把墳場也選在這裡——

就看最後，這裡到底葬的是誰吧！

自古皇帝龍座坐北朝南，這是要永安帝在遙遠的京城遠望時，都能看見他沈氏一族咎由自取的愚蠢下場？

他豈會如人所願！

趙青衣右手緊握成拳，左側腰間的長劍感應到主人洶湧憤怒的情緒，嗡然輕響。

只要他沒有暴露在黎軍之前，他隨時可以從戰場上脫逃，逃回黎國繼續當他的國師，但是——

他已逃得太久，他不想再逃了。

從十五年前起，被人告知他沈氏一族全滅，他必須擔負起復仇重任的時候，他就一直在躲，一直在逃……

可是現在，他有了足夠反抗的能力，他為什麼要逃！

憤怒、失敗和多年來壓抑的仇恨，終於消化他最後一絲理智，趙青衣抽出手中長劍，隨長劍出鞘，凡人無法可見的魔氣，正瘋狂從他周身滋生。

似是被魔氣召喚，又似是魔本身就在他體內，頃刻間一團濃烈而渾濁的黑氣就籠罩住他。

剎那間竟引來日月昏暗，天地失色。

戰場上廝殺的人都見到異象，打鬥砍殺的舉動不覺慢下，甚至有人連胳膊也抬不起來。

刀聲漸弱、漸滅，至止。

莫殤和楊綱正酣戰，忽見風雲變色，察覺不對時，大軍已頹然軟倒，或坐或仰或趴，全都不支倒地，他們的眼睛空洞而驚恐地瞪大，臉上一片死灰。

莫殤擰眉，長劍橫在胸前，警戒地遙望在城牆上凝聚黑氣的趙青衣。

忽然耳邊響起物體落地的聲音，他回頭就見楊綱從馬上摔落，神情跟地上那些士兵一模一樣。

怎麼回事？

是法術？

他知道趙青衣是高人，也有傳聞他會仙法，但他一直以為是無稽之談……沒想到是真的……

但若是如此，為何獨獨他沒有事？

還未來得及細忖，城牆上那道身影忽然一閃即逝，莫殤心頭一凜，全神貫注，小心戒備他偷襲。

倏地，他舉劍往右邊一掃，恰好與趙青衣的長劍對擊！

接下這招，兩把長劍同時發出清脆聲響，趙青衣不給莫殤反應時間，一來二去間狠戾的劍招連三發！

莫殤一腳踢開他的劍，劍刃上圍繞一團黑氣，碰到它，就有一股刺麻感傳來，他心下覺有異，馬上與他過了幾招，翻身下馬再戰。

「以你凡人之軀，竟能擋我魔氣，還能與我對戰數招——看來那個女鬼幫了你不少！」

女鬼？

莫殤反手一擋，揮開他的劍刃，趙青衣見他神情狐疑，嗤笑出聲。

「你滿心惦念的女子並非人類，你不清楚？當初我便說她的玉珮沒有活人之息，那日與她見面更加證實我的想法——她的確不是人，而是鬼啊！」

言語間，又是好幾招。

「玉玹，不，該喊你莫殤！你算計至今，以為自己全盤在握，卻少算了她！你欲讓我葬身此處，也要看你有沒有本事——然而在此之前，你的嬈嬈，早灰飛煙滅了！」

「什麼意思？」

心中一再告誡，不可被他的言語分去心神，然而對方字句都往他的心窩上捅，如何不讓他分心？

趙青衣被他一劍揮退幾尺，嘴角也有被劍氣所傷而流下的鮮血，他俐落一抹，朝他笑得邪惡殘忍。

「你送給她的三色司南珮，我下了咒術……那咒術會一點一滴消耗她的生命，耗盡她最後一絲氣息，直到她化作三界之中的虛無之氣！可不可笑？她一直在保護你，但是最後，卻是你親手將她送入死地！」果不其然，這一句句，字字椎心、刀刀刮骨，一股腦地往莫殤的腦門打去，最後讓他的臉色刷白一片。

趙青衣沒有遲疑，飛身揚劍，就往莫殤的胸口刺去——

「莫殤——」

虛空之中，冥嫿淒厲顫抖的尖喊穿透層層黑霧，來到他面前。

冥嫿雖從趙青衣手中逃了出來，卻不敢回黃泉養傷。

趙青衣身負魔氣，就連他的劍也沾染魔性，只要出鞘為他所用，便能造成凡間大片死傷，所以冥嫿選了雛城一處僻靜的地方暫時休養。

前幾日她陷入昏睡，後面養了幾日稍有好轉，但仍是處於睡睡醒醒中，直到這日胸口一陣抽疼，她霎時清醒。

她下床推門而出，就看見天地風雲變色，烏雲籠罩。

莫說人氣，花草樹木、就連無所不在的妖鬼精怪，都沒了蹤跡。

怎麼回事？趙青衣已經釋放出魔氣，跟莫殤打起來了？

還是已經——

思緒一岔，從出逃後就悶窒難受的胸口登時滾沸，一口朱紅噴了出來，心口泛起灼灼燒痛。

不，不會的……

她不再耽擱，依著莫殤的氣息而去，甫一落地，便如墜深淵窮境。

她在黑霧中環顧莫殤身影，目光依稀可見冷冽劍花。

她往發出聲音的方向走去，素手試圖撥開濃霧，幾次無果後，她便放棄。

趙青衣的嗓音如影隨形地傳來，似在左右。

她只能扯開嗓子淒聲大喊，然後，奮不顧身地衝上前！

「莫殤——」

第十三章

哧。

劍刃刺入肉體的聲響，在他耳邊響起。

明明是輕微的聲響，此時卻衝破他的耳膜，直達他的腦際，整個炸開。

莫殤被人一把推開，踉蹌幾步站穩後，眼前的黑霧忽然散去。

他神魂俱裂，他寧願自己不要看見──

冥嫣站在他面前，兩隻纖手緊緊捉住沒入她胸口、透身而出的長劍，一雙眼眸惡狠狠地瞪著趙青衣。

「嫣──嫣──」他顫抖著喊她的名字，隨即一掌打向趙青衣，他用了全力，趙青衣被他打飛，重落地面時咳血不止。

冥嫣雙手抓著劍刃不放，雙膝無力地徹底跪了下來。

莫殤趕緊走來扶住她雙肩，她面色灰白黯淡，想起方才趙青衣的話，他心中又是一沉。

「嫣嫣……我帶妳回去，拔、拔劍……」

冥嫣不欲讓他沾染到劍上魔氣，於是用髮頂抵住他的肩頭，搖了搖頭。「別，靠我太近……不要碰到……劍……」

她欲用全身剩下的力氣將這魔氣吸收耗盡，若是她功體未損前，應能一試，然而現在她損耗太多，要將魔劍摧毀豈是易事？吸收魔氣，她也痛得身子直哆嗦。

「莫殤你……害怕了嗎？我……不是人……」冥嫿一路趕來，已沒有什麼力氣，這句話說來只剩低微的氣音，聽得人心頭發酸。

「我不害怕！嫿嫿，妳是不是很痛，我去找藥——」他伸手想將她臉龐抬起，卻被她一個側首輕避，他的手頓時僵在那裡。

「嫿嫿？」好不容易止住的顫，又緩緩泛起。「妳是不是生我的氣了？我不是故意讓那玉珮——我已經檢查過的——」

冥嫿累得跪不住，胸口插著一把劍，讓她連彎腰都吃力，身子一軟倒了下去。

「我沒有怪你……莫殤你……沒事就好……」

她喘了喘，發現眼睛快要睜不開了，但是她話還沒有說完，眼前的男人……看起來要哭了。

戰神也會哭嗎？也會為了她的離去而難過嗎？

「嫿嫿妳不要睡，我帶妳回——」說著，又要去碰她。

冥嫿搖頭。「不能碰我……劍上有、會害你……莫殤，我跟你說……我知道你為何……簪子……」她想抬手，去撫他極慟的眼眉，但是全身重得沒有力氣，也不能伸出手去。

她說：「若、君……為我……插玉簪，我便、為君綰長髮……洗盡鉛華……從此、以後，日暮……天涯……」她說完這句，自裙襬開始，絲絲如縷的鬼氣開始往上散逸，連身軀都變得透明。

莫殤想伸手去抓，卻被她最後哀求的眼神給震住了手。

「莫殤……你說、凱旋後，要問、我的、問題……」冥嫣眨了眨眼，極淡極淺的淚珠從她眼眶掉落。「好……不論你、問什麼……我都會答……好的……所以，不要……哭……」最後一字才從她脣中輕吐，下一瞬她像是被人從上往下強力擠壓，頓時散成一片黑色幽微的螢光──

再凝目，地上只剩那支紫玉月季花簪，還有穿透她胸口的劍。

不要哭。

莫殤顫著手，膝行兩步將那支玉簪拿進手裡，只覺得腦袋發脹、胸口發脹，如扭如鑽如搥如打，痛得他體內臟器、四肢五感都凝成了一股白色。

他想忍住，極力的咬住脣，但最後還是敗給失去她的疼痛。

男人仰頭嘶喊。

「啊──」

隨著這聲悲慟至極的嘶吼，下一瞬間，從他身上爆開一陣強烈且眩目的光芒，以他為中心形成一股強大的氣旋，往四周席捲開來。

失去冥嫣靈力封印的仙力，再壓不住，全部因莫殤哀慟極悲的情緒噴發，戰神浩蕩的神力全數爆發，瞬間淨化受到魔氣所染的萬物生靈——

三界震盪。

一時間，天界、人界、鬼界皆感神君之悲。

天地同傷。

戰場角落，鬼界皇子冥夜，隱身在暗處，趕在莫殤仙力失去控制前，將冥嫣四散的元神聚攏。

他伸出修長蒼白的指尖，將冥嫣散去人形的元神之態引了過來，化作散霧的冥嫣在冥夜手中凝成一個圓球，冥夜右手捧著她，左手抬袖掩住了大部分的日陽，將她護在懷裡。

「妳以為自己有多大能耐？他一個戰神歷劫，關妳一個小姑娘啥事？這下可好，玉珮在他那裡，身子又染了魔氣——真打算連元神也不要了嗎！」冥夜瞪著懷中的圓球，氣得不知該說什麼，但氣歸氣，更多的是心疼。

圓球彷彿聽懂冥夜的話，在他懷中顫了兩下，害怕地縮了縮。

「算了，我先帶妳回去休養，妳功體已損，好好睡一覺，剩下的交給哥哥。別再添亂。」雖然氣得想要把球給扔出去，但還是狠不下心，最後還是拍了拍她，寬袖一揚，劃開人界地氣，回到幽冥地府。

遠在雒城的莫崢依莫殤擬定的計策，擊退楊綱的副將之後，便一直注意著顯南城，直到那裡開始聚攏黑霧、烏雲密布，莫崢才點兵前去支援。

當他領著人馬到達顯南城時，只見遍地屍體，而莫殤一個人跪在長劍之前，垂首看著手中的東西。

他扔下馬，跑到他面前欲扶起兒子，對方卻撐住搖晃的身軀站起，一把抽起穿透冥嫇胸口的那把劍，緩緩地往後走。

莫殤走到趙青衣落地的地方，只見他臉色蒼白，仰躺在地，卻還有一口氣。口中滿是血沫，眼色是張狂的得意。「她竟然沒死……呵，你阻了我的復仇之路，我也要奪去你心愛之人……這樣才叵！」公平二字還未說出口，莫殤用他的劍刺穿他的心口。

一劍入心，再一氣拔起，隨後劍尖直抵他眉心。

「……哪裡公平？你的復仇，哪裡有我的媱媱重要？」低啞至極的音，從他喉中溢出，帶有一種凜然的高貴。

明明是逆光的角度，但趙青衣卻能清晰地見到，他眼裡冷冽且毫無生氣的死灰，冰冷冽然到凍人骨骸，那是萬念俱灰，但也無所畏懼的目光。

這世上，沒有了他真正恐懼會失去的東西——

他已經沒有弱點。

這個認知，不知為何在這一刻讓他的心急遽地凍住。

趙青衣還來不及分辯，便被他一劍扎進額心。

他雙眼爆凸，斷氣時只見那張俊美至極、清冷孤高的臉龐，以一種睥睨的姿態蔑視他。

「莫殤！」莫崢不明白發生了什麼，莫殤也不打算解釋，轉身欲走，莫崢連忙出聲大喊。

莫殤停住腳步，悄然回首的冷淡神情，瞬間震住了莫崢。

俊麗清冷的臉龐沒有半點情緒，眸光凝聚的也都是寒冰飛雪，他的鎧甲上還有斑駁血跡，卻一點也沒有折損他的容姿半分，只有一種理所當然。

莫殤淡瞥他一眼，默然回身後又繼續往前走。

只餘莫崢一人站在原地，看著前方那道頎長挺拔的身影，一步步消失在他面前。

這個人，就是踏著滿山遍谷的屍體，跨過成千上萬的血河，最後立在勝利王座前的戰神——

莫崢俘虜趙國將領楊綱，後在趙軍面前斬首祭旗，趙青衣則被挫骨揚灰，以告慰雛城枉死的八萬莫家軍。國師趙青衣和馥貴妃通敵叛國的罪名，當即公告天下，一時間人人唾棄喊打。

孫釋早在趙青衣入寶塔之前，便被永安帝看管住，後永安帝將他與馥貴妃一起押入大牢，待趙青衣死訊傳回京城後不久，孫釋和馥貴妃兩人也於牢中自盡身亡。

趙國被此戰震懾，退兵邊境，暫時偃旗息鼓。

黎國邊境安寧數載，莫崢一洗前恥，莫桐也因護衛京城有功而封賞。可說到此戰最大的功臣莫殤，永安帝又是一陣惱怒。

在永安帝封賞之前，莫殤已直接向皇上討了賞賜——以己身功勳，換得鎮守邊疆之榮，可不奉詔入京。

永安帝震怒。

但五日後，皇上還是准了莫殤請求。

與此同時，昭告天下百姓，玉玹乃莫家嫡次子莫殤。

舉國俱驚。

黎國曆五十五年，趙國起兵進犯顯南，掀起零星的小戰，都被莫殤一一趕了回去，顯南戰線確保，後方自然無虞。

黎國曆六十年，趙國舉兵再犯雒城，莫殤力抗強兵，險勝。

黎國曆六十四年，趙國精銳盡出，強勢攻占雒城前線，莫殤請兵來援，與後方支援的莫家軍聯合，一舉擊潰趙國精兵，甚至趁勝追擊突發奇兵，一路打往趙國首都——

嚇得趙國皇帝連夜撤往後方，趙國對這驍勇的戰神更加忌憚，說是聞風喪膽也不為過。

黎國曆六十四年末，莫殤率軍直搗趙國京城，隔年春夏相接時節，攻破京城守衛，逼趙國皇帝立下降國詔書。

莫殤最後一戰，與趙國首席大將纏鬥，最後傷重不治。

據他手下將領所言，找到他時，他腳下是趙國大將的首級。他一人拄著長劍，站在城牆之頂；牆垛上頭，放著他從不離身的紫玉月季簪，以及冥媱的小像和牌位。

黎國曆六十五年，黎國併吞趙國。

消息傳回黎國的時候，將軍夫人哭暈在廳堂上，永安帝也在下朝時和莫崢談起這件事。

「他的武藝明明在那人之上，怎麼會……」雖然是三番兩次忤逆他的臣子，但莫殤的本事的確比誰都強，失去他又豈是一個惋惜能解釋？

莫崢走在永安帝身後半步，年歲漸有，鬢邊也已生出華髮。說起莫殤，他萬般感慨。

「……或許他是不想活了吧。他愛的人死後，他就沒有活下去的念想了。還撐著不倒，只是為了盡他身為臣子，還有莫家子的責任罷了。」

所以責任一完成，他就隨她去了。

黎國戰神莫殤，征戰一生、殺伐無數，從無敗績。

就連最後一役，若不是有心求死，一樣是勝者。

直到很多年以後，黎國百姓說起他時，仍舊崇拜敬慕。

這位黎國百姓口中的天才、堪稱戰神下凡的莫殤，死時，年僅三十三。

幽冥黃泉，孟婆亭前。

玉玹一從人間歷劫回到黃泉，便看見等在亭前的司命星君。

「玉玹神君。」司命星君朝他疊手行禮，語氣十分恭敬小心。

玉玹只頷首淺應，淡淡睨了他一眼。「司命星君等在這處，有事？」

司命星君抖著膽子跟嗓：「是，屬下這是來恭喜神君——神君人間歷劫已畢，可直接回玉玹宮了。」

「為何？」玉玹微挑眉，不輕不重的語調沒有半點情感，卻莫名有股暗藏的凜冽。

「這——」司命星君沒想到玉玹竟還會再問，頓時身子一顫，遲疑了片刻又答：「神君此次下凡乃是為找回神性，如今神性已回，又歷兩苦，自然是要回歸天界。」

莫不是神君在人間玩出了興趣，還要再去？

玉玹看著司命星君好半晌，淺吟一聲，司命星君老早就吊著一顆膽子等在那裡，如今對方目光灼灼地打量自己、不發一句，更讓他暗自抖如篩糠。

「司命，我此番歷劫之命格乃你所寫？」

如下驚雷！

司命星君當下也不清楚該應是還是不是，本來是他所寫，可是後來被這冥界的小公主一亂，所以全部都亂了——寫就他命格的變成了天道啊！

「呃……神君容稟，神君此世命格本是屬下所寫，但……因為某種機緣，以致後面的命格變成天道所書——神君有何煩憂？」司命星君小心地吐出這句，期間也不忘觀察玉玹。

但是戰神玉玹萬年都是不冷不熱的神色，誰又會猜到他現在在想什麼！

「天道所書……」玉玹輕語復喃，斂去眸中神色。「無事，既然劫已歷畢，我這便回玉玹宮去。」

「恭送神君。」司命星君俯首疊手行禮，直到感覺玉玹那身壓迫的氣息不在後才敢直起身。

他默默鬆了口氣。

「司命星君如此老實交代可好？月老那兒還不曉得會有何變數呢。」

就在司命星君安心的同時，他的身後傳來冥夜淡淡的這句。

「不如此交代還要怎麼著？在月老想到可以不破壞紅線而將紅線解開的法子之

前，能瞞多久是多久吧……」

冥夜聽得司命星君這畏縮的一句，不禁挑眉。「為何要瞞著？既是天道牽出的姻緣，說不準就是最適合他的。」

司命星君對冥夜這句不很贊同。「那是你們覺著，玉玹神君早在入主玉玹宮那時就說過，他不要姻緣紅線、不需仕女仙君相伴，若有人敢擅自將主意動到他頭上——嘶，冥夜殿下，你們依據鬼界地氣而生，只要元神本靈不滅，形魄散去也可再聚重生，但我們一旦元神散離，那可就是真的沒了！誰有那個膽子敢賭？」

「若是紅線真解不開，倒希望神君是真看上九公主，不然我跟月老啊——」司命星君大嘆，隨後朝冥夜擺了擺手，化作一道白光消失。

不要紅線姻緣不要仕女仙君啊……

回想起在人間看到的那副模樣，冥夜意味深長的笑了。

玉玹睜開眼，從床上起身，也未點燈，隨手拉了一件外袍披上，便往外頭走去，長長的黑髮曳地，鋪散一地慵懶的清麗。

近來他一直反覆作一個夢。

夢裡總有一名嬌俏活潑的女子朝他燦笑，她一笑開，他就會心房暖熱，好似開出整片花林。

夢裡她的髮上有一支紫玉簪，是他親手插上去的。看見她的笑，他那天醒來時的心情便不錯，但她魂飛魄散的那一幕，他卻怎麼也抹不去。

然後，醒來時心口就會痛。

他的宮殿在天界西處，夜時可見滿天星光銀河，不用點燈只靠銀河星芒也可照明，璀璨又柔和的光，映照得偌大氣派的玉玹宮有些冷清。

屋瓦飛簷光潔如玉，層疊的長階底下，蜿蜒一條細長河水，與高懸的銀光星河相對，別有一股燦麗的清冷高潔。

他坐在寢殿前的階上，從懷裡掏出自己從凡間回來之後，也跟著帶回來的木雕小像還有那支玉簪。

那塊牌位，他也一起帶了回來，只是他看著得扎心，只將它隨手放在殿內一隅。

但這兩樣不帶在身上總覺心神不寧。其實應該還有一塊玉珮，只是後來他再回去找時，只找得到這兩樣。

從凡間回來已有十幾日，這幾日他時常會想起在人間經歷的那些，隨著一次次夢見，回味起「莫殤」與「明嫿」的過往。

人間那些說是歷劫，對他來說也不過是一場夢，如何就讓回到天界的自己念念不忘？

莫非是自己在人界時執念太重？

他在人間心心念念十五年，始終不能忘懷明嬀，不知是否是遺念無法紓解，導致他回到天界後也受這等執念所擾……

司命星君說此命格並非他親自所寫，而是大道。

明嬀……

玉玹不由得細細咀嚼起她的名字，夢裡她的一顰一笑還有她的溫暖陪伴，他都可以跟著莫殤感受。

所以也知道在人界的自己，有多麼喜愛在意她。

但她終究與他——

「玉玹，你說凱旋後，要問我的問題……好。不論你問什麼，我都會答好的所以，不要……哭。」

「若君為我插玉簪，我便為君綰長髮，洗盡鉛華，從此以後，日暮天涯。」

心臟驀地傳來一股劇烈的收縮。

「待我得勝回來，妳還想吃什麼，我全帶妳去，可好？」

「好呀，這可是你說的啊！食言的人要被懲罰的！」

腦海裡，又是那個人如花的燦爛笑靨。

玉玹看著手中的木雕小像，細細地摩挲著臉龐，目光不覺地柔和許多。

許久，傳來他自語的嗓音：

「嗯，我說的。妳想吃什麼，我帶妳去。」

但是，妳又在哪裡呢？

第十四章

貴客駕到——玉玹甫踏上宮門，司命星君便急急趕來接。

玉玹一身蒼青色衣袍，只是佇立著，便能令目光焦點不自覺地全落在他身上，他清麗偉岸、頎長俊挺，隱約透著一股凜冽難近的氣息，光是遠遠看著便會生出一股懼意。

「不知玉玹神君大駕光臨，還請神君恕罪。」司命星君拚了老命從裡頭趕來，這會氣喘吁吁，也顧不上先順氣，便先告罪行禮。

「我此番前來只相詢幾事，不久待。」談話間也不多說廢話，話意簡短扼要。

「神君欲問何事？」司命星君心下打鼓，不知他是否察覺了什麼。

「你可知道那名喚『嫀嫀』的女子是何人？」玉玹語調維持一貫的清冷，情緒難辨。

糟，神君親自來問，是在意起這小公主了，還是——

司命星君也不知該如何作答。「呃，神君找她做什麼？她在人間已魂飛魄散，這會是妖還是呃，魔，屬下——」

見司命星君吞吞吐吐，玉玹微微擰起眉，還沒有發話，司命星君已驚懼地把責任推給了月老。

「關於這女子，月老應當會比屬下清楚，神君還是去問月老吧——」

「……嗯。」雖不曉得為什麼要去問月老，但可以解他疑惑便罷。

只見玉玹指尖輕劃，隨即一朵雲花便在他腳前凝聚，他也沒有任何表示，駕雲直往月老所在的月下亭。

司命星君默默的拭汗，目送玉玹離去的背影。

看來玉玹神君這次不栽也不行……天道牽的姻緣，那可是所謂的……天作之合啊！

月老放著人間萬千痴男怨女的姻緣不顧，專注地面對眼前牽著紅線的一對泥偶。

那正是戰神玉玹和冥界九公主冥嫿的泥偶。

雖說是天道自成的姻緣，也成就了戰神歷劫，可說到底冥嫿還是犯了過錯……

但天道所牽的姻緣……就算戰神不想要也不行啊，不過，要怎麼讓神君接受啊？這紅線他是真的解不開啊！

「天道自成姻緣……千百年難得一次，好不容易遇到又要解開，這到底折騰誰啊——」月老正仰天哀嘆，覺得差事怎麼比別人的要困難好幾倍時，一道淡漠好聽的嗓音從他身後而來。

「既然難得，又為何要解開？」

「自然是因為玉玹神君說他不要啊！」月老正自憐，忽得有人問一句，權當心情抒發，就自然地回應了。

「我何時說不要了？」玉玹凝神細看，嗓子沉了幾分。

「是戰神說不要又不是——嚇！玉玹神君！神君大駕光臨寒舍，有失遠迎還望神君恕罪啊！」要命啊！怎麼就遇到戰神了！

「這是怎麼回事？」玉玹眸光盯著自己的泥偶，還有另一尊女偶，形容樣貌，都與他懷中的小像極為肖似。

月老抖著心肝，小心地回答：「……神君您下凡歷劫時，遇到這小公主出了點紕漏，她為了讓您順利歷劫，下凡補救，不料反倒顛覆司命所寫命格，自此神君您在人間所歷的劫數皆為天道所書，而——神君在人間執念太深，愛別離與求不得之苦全繫於此女身上，所以、所以……這姻緣自成，實千百年難得一見——」

「所以，我與她是夫妻？」這個猜測，不知為何讓他自人間回來後，胸口一直不得紓解的窒悶，瞬間煙消雲散。

原來不覺間，他已對她上心到這個程度了嗎？

「……呃，若是神君想的話，是。」月老細細地揣摩玉玹的臉色，只見對方的表情依舊是萬年不變的寒冰相，可他隱約覺得似乎較之前柔和？

「她的名字是？」玉玹斂眉，月老隨即把姻緣簿雙手遞了過去，姻緣簿上玉玹兩字的下面就寫著冥嫿兩個大字。

「冥嫿？」他疑惑輕喃，盯著那個「冥」字看了好一會。

原來不是「明」而是「冥」……這麼說，是幽冥鬼界的人了──

「她的身分？」

「幽冥黃泉排行第九，乃冥王么女，又名九嫿。」月老不敢怠慢，隨問隨答。

「我記得我回來前，她在人間已經魂飛魄散──她……在鬼界？」她在人間散了人形，若是沒有人將她帶回鬼界以鬼界地氣安養，依凡間陽氣旺盛的狀態，她也活不了很久。

而且，他記得自己的仙力還爆發過一次……那麼她無恙嗎？

「是，冥夜殿下已將公主的元神本靈帶回鬼界安養，現在這會雖然沒有成型，可還在呢。」談話間，月老好像察覺了什麼，愣忪地盯著玉玹。

「……我去接她。」玉玹說罷這句，轉身就離開月下亭，駕雲離去之前，他又回首。「紅線……就留著吧，不用解了。」

然後，就消失得無影無蹤。

月老呆愣地眨著眼，好半晌沒辦法回神。

不用解？所以神君，這樁姻緣……您要？

不過半個月，他又踏上幽冥。

他人才剛入黃泉，冥夜已在鬼界路口處等他。

鬼界素來幽暗陰森，黃泉裡更是終年殘陽暮色，景觀荒涼而單調。

「戰神親自來黃泉一趟，不知有何要事？」冥夜微勾一笑，讓那張明顯陰柔秀美的臉添了股深邃。

「嫿嫿在哪裡？我要見她。」玉玹淡然道。眼前這人聽聞後沒有半點驚訝，還能文風不動，甚至臉色也沒變半分，他不免有些好奇。

他從未用身分去打壓任何人，但或許是之前的名聲太過顯赫，又久居玉玹宮極少外出，以致後來天界許多仙君，都將他傳成冷酷嗜殺的個性。

見著了他，莫不提著心吊著膽子。

而眼前這小輩，在不知他性子的當下，對他竟然沒有半點敬畏嗎？

「神君此次前來說要看九嫿，不知是想做什麼？」冥夜明知故問，未得這人應承前他不能安心。

嬬兒性子迷糊，又少了點心眼，雖然在人間陪他歷劫時心許於他，但如今他的身分可是戰神玉玹，而不是凡人玉玹——他對她究竟是如何看待，若不詳加確認，怎麼可能將妹妹交給他？

玉玹聞言，別有深意地朝冥夜一笑。「那日司命等在這處，我以為他已什麼都跟你說了——嬬嬬是本神君的姻緣——天道自成的姻緣，身為她的兄長，你要違逆天意嗎？」

冥夜一怔，隨後也回過神來。

玉玹此言，不就是代表他已知道始末，包括嬬兒是他命中紅線一事——所以他的意思，是要娶嬬兒嗎？

「神君不怪她嗎？」

「不怪。」縱然她一開始有錯，可是她極力想要彌補，甚至跟到了人間為他做了那麼多……

就算有錯，他也原諒她。

「……嬬兒現在元神散離，無法凝形，她還要在這鬼界滯留許久。」冥夜道出這句，細察玉玹臉色。

聽得冥夜這句，玉玹眼底滑過一抹心疼，她在他面前魂飛魄散的那幕又清晰了起來。

這樣的疼痛恐懼——他不願再歷第二遍。

「不管多久，我都等她。」反正，他一人也獨自度過了漫長的時間。況且，現在還能看到她。

「……那麼，請神君跟我來吧。」

冥夜得到了答案，玉玹這態度表示得十分明確了——既然他不怪嫆兒，如今也沒有排斥的意思，那就是接受了。

「嗯。」

幽冥黃泉路深處，有一處幽谷，三面石壁拔高，唯前方有路口，石壁上垂掛一條白色細河，水從高聳的山壁一路向下，匯集到了山谷包圍的湖水裡頭。

湖面清澈如鏡，倒映壯麗的山影，暮色為底的鏡面看來朦朧而蒼茫。

湖心中央的上空，一團黑霧忽薄忽濃，或裊然如煙，或濃厚如幕，不斷的變換著型態。

「這是幽冥鬼界內鬼氣最濃厚之處，嫣兒就在那裡。」冥夜只稍作解釋，而後便指著前方那一團黑霧朝玉玹道：「嫣兒道行尚淺，需要這鬼界最精純的地氣來養，但是憑她之能，還沒辦法很快吸納轉化……神君若是要等，只怕還要候上好一陣子。」

玉玹凝著那一團忽薄忽厚的黑霧，眸光不覺變得柔和，好似看見冥嫣就在他面前。「沒關係，我等她。」

「那麼……谷口處會有人定時巡視，若神君有什麼需要，告訴他們一聲就是。黃泉事務繁忙，請神君自便。」冥夜瞥了玉玹一眼，也不管他自看到冥嫣後，便再沒移開的視線，自顧地說完這句後，轉身就離開。

玉玹站在湖畔前，凝望著那片黑霧，恍惚覺得那好似就是冥嫣在湖心嬉戲的樣態，不由勾起脣邊一笑。

「還好，不是真的散成了飛灰……待妳凝形，我必不讓任何人欺妳。」

戰神玉玹，也是個護短的。

黃泉的時間流動得非常慢，每日都有源源不絕的魂靈從人間來投胎，上次因戰神玉玹下凡而暴增的鬼潮，經歷好長的一段時間才終於處理完畢。

經過數年，冥嫿雖凝成了人形，卻是極為淡薄的一縷身形，以凡人角度來說，就是幽魂。

她蜷縮著身子趴伏在湖心上頭沉睡，不再似之前沒有人形那樣忽明忽滅，玉玹看著，也比之前更加安心。

好好休息，累了就好好睡。

我會等妳。

日復一日，不知流淌而去多少歲月。

冥嫿感覺溫熱且乾燥的空氣中，隱隱散發一抹極淡的清冽氣息，與記憶中的那人有點像。

可是依她記憶，她在人間受趙青衣那一劍後，應該是被哥哥給帶回幽冥黃泉了才對，怎麼可能會在黃泉看到他？而這裡，也的確是黃泉沒有錯啊……

冥嫿緩緩睜開眼，沉睡太久，入目的光雖然是昏暗的黃光，卻還是讓她短暫的不適應，她抬手微擋，撐起身子坐了起來。

本來平鋪湖面的黑髮因她坐直的舉動，瞬間縮成一方小圓，落在她頰畔兩側，襯著她清麗嬌俏的容顏更有一股純然的無辜韻味。

「醒了？」

面前，不知是誰傳來這聲問句，聲音似遠又近，這樣的音色聽得她一陣恍惚。

她眨著眼睫，在餘光之中看見一襲蒼青色的衣袍。

是誰？哥哥的嗓音不是這樣的，而且他也不穿玄黑之外的顏色，還有……黃泉一向都忙，誰有空守候、等她醒來……

眼前這人，到底是誰？

斂下的眼逐漸適應這樣的光，她收手，看清了站在她面前那人的容貌——

她雙眼慢慢地睜大，而後布滿驚異。

「莫、莫殤？」她不覺，身子驚懼的往後退了一點，美目快速地打量了四周還有面前的玉玹。

這裡是黃泉聚魂谷沒有錯，眼前這人是莫殤沒有錯，跟凡人的莫殤肖似，但他身上收斂過的殺伐之氣還有那一股神力，都顯示出眼前這人是戰神玉玹——

玉玹自然把冥嬿一連串的表情和反應都收入眼底。他有些不能認同她的驚訝，微微擰起眉。

「是我。」

冥嬿倒抽一口氣，趕緊三步併作兩步，起身到他面前，動作快得只一眨眼，在玉玹還來不及反應的時候，雙膝一軟，跪在他跟前。

玉玹一愣，不覺退了半步，不明白她這是怎麼了。

「神君在上，不肖冥九嫿自請罪孽，還望神君恕——」

她這話急著說出，不知是想討個早死早超生，還是想著現在不認錯等下會沒有勇氣，氣都沒換幾次。話還沒說完，就被玉玹止住了後話。

冥嫿愣愣地看著玉玹與自己不過咫尺的俊顏。他蹲下身子，手還捂住了她的嘴，截住了她的話。

她看著玉玹無奈又好笑的清俊臉龐屏息，眼睛眨也不敢眨一下，但那眼瞳內的疑惑滿滿不容錯辨。

「我原諒妳，但在聽妳認錯之前，我更想聽一句。」

玉玹放開了手，眼光染上一縷柔和的暖色，讓他素來冷硬的清俊線條軟了幾分，反而有種說不出的曦光魅色，冥嫿不覺心跳加快，呼吸微微急促。

「在人間時，妳說要與我日暮天涯——這句，還作數嗎？」

冥嫿心口一跳一抽，登時小臉青紅皆有。「……神君……問這做什麼？」

她在人間魂魄散盡前，以為再也不會和玉玹有交集了。

她想，她知道了玉玹的心意，卻沒讓玉玹明白自己的，而且又是在那樣的氣氛情景之下，她一時沒控制住，才會脫口而出——

這，是要認嗎？

「順妳本心回答我，不得有一句作假。」他輕扣她下頷，目光與她相對，不容她有半分閃躲。

「……作、作數。」她是喜歡他，現在也沒有變，可是那又如何？

聽得她這句，玉玹竟有鬆口氣的感覺，他微傾身，朝她勾起一抹笑。

「嗯，很好。」

「什、什麼意思？」沒料到他竟會這樣近的距離朝她笑，她只覺臉一熱，話都說不好了。

「意思是——既然人間的承諾作數，那麼我的心意也作數。冥氏九嫿，九天仙界的戰神玉玹欲求娶於妳，妳是否願意？」

冥嫿徹底呆了。

這之間到底發生了什麼——

誰能告訴她？

「等、等一下……神君你……真的是九天之上的戰神玉玹嗎？沒被掉包？」她不可置信甚至帶著顫抖的問出這句，覺得眼前的世界一夕間全都變調。

她不過就是元神散離，然後回到幽冥黃泉睡了一覺，為什麼醒來之後戰神玉玹的反應和表現，跟她在人間認識的那個差不多，說出來的話還莫名其妙道簡直令人匪夷所思！

他真的是仙界中人聞之色變的戰神玉玹嗎？還是他去人間一趟回來之後，連性子都洗過一遍了！

玉玹應該要生氣，可是他對她這反應，卻覺得好笑，雖然也有些氣。

他俯身以額面抵上冥嫿，清冽的氣息噴上她臉蛋。

「嫿嫿，說好。」

「咦……」

「我在人間心傷十五年，為妳離了小像、立了牌位，已經默認妳是我的妻——妳不說好，是不要我了？當初是誰說，不論我問什麼都會答好的？」

玉玹垂下眼，不只神態，連口吻都像極了她熟知的玉玹，她一時間恍惚，還沒細想就快答出口。

「我才沒有不要你！」簡直天大的冤案啊！她在人間心思百轉千折，想的都是怎麼把這個人從九重天上拐下來——

「那，嫿嫿說好——好不好？」玉玹凝著她，其實一點都不在意到底最後是用什麼方法得到她。

「我想妳一直陪我一起，看日出日落、共度晨昏，好不好？我們無緣在人間相伴長依一世，那就在這裡，相約晨昏相伴，永生永世。」

他自人間回來，在黃泉等了她這麼久，就只是想要等到一個她，可以永伴在他身側罷了。

「……好。」

能跟這個人晨昏相伴，是一場很美很美夢。

他既說可以保住這個夢永世不醒，那她就，相信他。

若君為我插玉簪，我便為君綰長髮，洗盡鉛華，從此以後，日暮天涯。

時光靜好，與君語；細水流年，與君同；繁華落盡，與君老。

——全文完——

番外·相伴

一個月前，冥嫊被戰神玉玹從鬼界接上天界，人都還沒到南天門前，就已經傳得滿界皆知。

大夥那時才知曉，原來戰神玉玹在天界消失的一千年間，是在幽冥鬼界裡等這鬼界小公主凝成人形。

推測出這消息，眾人俱是一驚。

九天之上冷心絕情、孤高偉岸的戰神玉玹，居然也會做出這樣的舉動！

若不是情根深種又怎會如此？再加上隨後有消息從月老口中傳出：「戰神與小公主的姻緣乃是天道所牽」……

——要命，這幽冥鬼界是怎麼回事！如此晦暗之處，卻受天道寵愛——

這幽冥鬼界攀上了天宮的親事，莫不是要翻天了吧……

眾人心內揣度、多有轉折，於是冥嫊到了天界之後，也沒人敢到她面前去嚼舌根，就怕一個不小心，怎麼死的都不曉得。

天界西處的玉玹宮，至今仍是一片寧靜祥和。

自從冥嫊到了玉玹宮後，宮裡明顯多了幾分盎然生氣，就算是夜幕晚垂，滿天的星光靜謐之中，也有一股生氣在內。

「嫇嫇——」

偌大的宮殿之中，沒有半個奴僕，玉玹一路從寢殿走到後院花園，都沒有見到人影，不禁微蹙了眉。

銀華落了滿地的水池，湖畔上的荷花開起數種嬌豔清婉的顏色，那景色襯得院裡的花景格外馨香。

也不在這裡。

玉玹按心下的不安，閉上眼用神識上天入地地去查她的蹤跡。

——在幽冥鬼界。

知道她人在何方，他心底稍安，隨後也不耽擱，長指召來雲花，就往幽冥鬼界而去。

黃泉鬼界一片嘈雜。

暮色依舊是鬼界的背景，孟婆亭旁的忘川河面波光粼粼，亭前要轉生的魂靈嘰嘰喳喳的吵個不停。

冥嫇在亭內扶著額，看著那群抵死不上前的魂靈，忽然有種想捲袖子的衝動。

還能不能讓人好好發湯啊！

正想上前吩咐鬼差，將那群不聽話的魂靈押上亭來，就見前方不遠一朵雲花疾行，上頭的身影雖然模糊，但一點也不礙冥嫿辨出上頭的人是誰。

慘！

待那抹身影出現在天際那處，孟婆亭前的魂靈、鬼差都不由自主地停了爭吵聲，怔怔地跟著仰望天邊那雲朵上的頎長身影。

冥嫿扶額，頓時不知該躲起來還是拔腿跑。

不過猶疑的這一瞬，玉玹已踩著沉穩的步伐走過來，臉上不辨喜怒，渾身卻散發著一股冷冽凜然的氣息，襯著他那俊麗的容顏更加莫測。

聲音鼎沸的孟婆亭前一片靜寂。

沒鬼敢吭一聲。

冥嫿自然也沒敢在他面前把腳挪動一步，只能萬分忐忑的看著玉玹走來，一邊心急地想解釋，然而越想越急，眼看玉玹就要到面前——

「玉玹我——」後話驟止，冥嫿呆愣地瞪著前方。

玉玹一把抱住她，然後嘆了口氣。「……為什麼回來不跟我說一聲？」

欸？

「我有留紙條在桌上啊，你沒看到嗎？」冥嬌這話一說出，她就感覺到玉玹的身子一怔。

嗯，看來是沒看到。然後以為她不見，就急急忙忙來找的。

「下次，把我叫起來。」說著，玉玹拉開與她的距離，俯眼看著她。

那一汪清冽柔情的眸色看得她心跳失序。

「可是……這樣打擾你睡覺……」不好吧？雖然依玉玹的修為鐵定也不需要睡眠，但也許他喜歡？

「不要緊，下次叫我就是。」入睡是因為在她無所覺的時間裡，可以消耗一點時間，如今，流逝的時光對他來說已不難熬，又為何一定要入睡？

他已有清醒不睡的理由——就是看著她、陪著她。

「……好。」既然他本人都這樣說了，那她只好恭敬不如從命。而且……

冥嬌偷覷玉玹身後默然不作聲，甚至有些懼怕的魂靈，目光又對上了玉玹。

很好，看來是玉玹身上的氣息徹底震仕了他們——

「玉玹，能幫我個忙嗎？」

「什麼？」

孟婆亭前的黃泉路上安靜肅然，一批魂靈正好要前往孟婆亭，前方的鬼差板著一張嚴肅的臉不說，連帶空氣都像結了冷霜那樣寒重。

黃泉暮色裡那股特有的哀傷愁鬱不見一分半點。

旬岳領著要轉生的魂魄往前，路上遇見人，忍不住把他扯到一旁。「我說這是怎麼了？」

鬼差往旬岳那裡湊，壓低嗓子道：「玉玹神君來了，在亭內看著九公主發湯呢。神君身上那股殺伐之氣太沉，就算收斂了許多，還是沒幾個鬼可以抗住啊……」

「嘶……神君也在？可神君上次不是還為了這事跟冥夜殿下鬧過？」想來都後怕，旬岳忍不住低嘶一聲。

「那也是為了九公主唄。冥夜殿下是什麼人？知道神君心疼九公主，自然是不會放在心上的。神君後來更是向殿下證明，九公主是他的心頭肉眼珠子了啊——」鬼差頓了頓，警戒地往四周看了看，又說：「你瞧有了神君坐鎮，這些魂靈誰還敢吵鬧著說不喝湯？你沒發覺今日的速度快了許多嗎？」

鬼差說完，旬岳就直起脖子看向下一批魂靈。「真的……九公主好手段，不知道能不能跟神君商量一下？在龍殿下將姥姥帶回來之前，就待在黃泉吧……」

結果馬上被鬼差堵住嘴，低聲斥喝：「膽子忒大！連九公主都不敢提，你是嫌命太多死不完？」

旬岳有些委屈。

提看看嘛，搞不好神君會看在眼珠子的分上答應啊？

亭內，冥嫿穿著一襲寬大的斗篷遮住身形，站在亭中鍋邊，將一杓孟婆湯舀進了對面那人的碗，看著仰首他喝下——

湯盡碗消。

然後，他便自主地往她身後走去，那兒隱約有第十殿轉輪宮的影子。

玉玹坐在一旁，看著冥嫿重複不變的動作，一點也不覺得累。

支著頰面閒適的倚著石亭憑欄而坐，他雙眸偶爾看向亭外的魂靈鬼差，大多時候都盯著亭內的人看。

雖這樣慵懶，卻一點也不妨礙他渾身上下散發的肅穆威壓。亭外十里之前，所有感受到這股壓力的鬼，全都默不作聲，規矩端正的依著秩序往前——

沒人敢在他面前造次。

冥嫿要的就是這種威嚇。

最後一碗湯發完，在下一批魂靈來到孟婆亭前，冥嫿脫下帽子走到玉玹身邊坐好。「多虧有你，今日才能這樣快。」語落，朝他一笑。

「要多久？」玉玹凝著她眼眉間極細微的皺痕，有些心疼。

耳聞黃泉事務繁忙，以為只有冥王所轄的十殿，沒想到連發孟婆湯的工作也如此繁重。

他僅說這三字，然而冥嫿卻懂他的意思。

接替孟婆一職終究有個期限。

「算算時日，大約再一百多年吧。」姥姥醒後還要放個假，她再頂一段時間罷了。也是因為細細算了，她才發覺自己從人間魂消靈散之後，玉玹居然在黃泉守了她千年。

思及此，冥嫿的心房不由得又軟了幾分。

這個人孤高冷絕，初見面那時她是真的未曾想過自己能與他有交集……

似是沒有察覺到冥嫿的目光，玉玹斂下眼。「一百多年……也好，思來玉玹宮也無事，我在這裡陪著妳就是。」

「欸？」

「怎麼，嫆嫆不願？」

「怎麼會——」冥嫆朝他燦笑，然後一把撲上他，玉玹只來得及抱住她。

「每日發湯的工作可悶了，若是你願意在這裡陪我，自然是再好也不過！」多了戰神坐鎮，還不怕萬鬼被他所鎮？

「……嗯。從今以後，妳在哪裡，我就在哪裡。」

漫長的時光中迎來了她，便不許她輕易離開。

或者，允許誰把她從他身邊帶走。

——《相伴》完

後記

這篇故事的緣起，來自於「等待」。

黃泉的彼岸花千年花落，然後再等千年花開；等著與她千年相錯的人回來，等著將她綑綁在黃泉的人醒來。

於是我想，那麼也讓女主角等待吧。等著自己喜歡的人恢復記憶，再等她醒來。然後，整個黃泉就被我營造成了「等待的黃泉」。

黃泉路、忘川河、孟婆亭，都有人在等。

幽冥黃泉的意象起初取自一個國產的單機遊戲，自此，我筆下的黃泉便散著幽幽的、揮不去的愁情還有哀傷。

已有很久不曾寫這樣長度的故事，我習慣於把故事的軸線拉長，好好去醞釀故事裡每一個角色的情感。

但這種寫法，卻是我最近想嘗試的一種。

有的人喜歡在故事裡鉅細靡遺的交代，每一個細節都不放過。但是這種感覺清楚，細節處又留有想像空間的小留白，細嚼起來也頗有一番滋味。

在寫《九嫆》的時候，我的周遭發生了很多事。其中最為感慨的，仍是愛情之間的相失相錯，等待與不等待。

剛開始動筆的時候並沒有這樣的感觸，隨著時日漸久，有些情緒和文中劇情對上後，反而特別有感。

等待與不等待，取決的都是自己的心，等了也許好，也許不好，但終歸都是順應心靈、不辜負自己或他人。

所以，《九嫆》誕生了。

我們不似冥嫆和玉玹，千百年不老不死，可以用漫長時間去等待喜愛的人回來，所以，更要珍惜身邊的人。

這本書能夠順利誕生，最先感謝的必然是尖端的評審和編輯們，然後，是一路陪著我、看著我成長的朋友還有讀者們，謝謝你們。

然後，我也要謝謝我自己。

謝謝我自己，堅持著走到了這裡——

才有機會可以跟大家說：「大家好，我是桓宓。」

最後，謝謝拿起這本書閱讀的你。

若是看完這故事，能夠讓你覺得喜歡甚至有所感觸，那就是我心內最大的喜悅和安慰。

我仍會繼續寫，一直寫到我不能寫為止。

二〇一六・十一　桓宓

九嫿

作　　者／桓宓
榮譽發行人／黃鎮隆
總　經　理／陳君平
協　　　理／洪琇菁
總　編　輯／呂尚燁
執 行 編 輯／陳昭燕
美 術 監 製／沙雲佩
美 術 編 輯／方品舒
國 際 版 權／黃令歡、梁名儀
企 劃 宣 傳／楊玉如、洪國瑋
內 文 排 版／謝青秀

國家圖書館出版品預行編目資料

九嫿 / 桓宓作 . -- 初版 . -- 臺北市 : 尖端 , 2017. 07
冊 ；　公分

ISBN 978-957-10-7490-0（平裝）

857.7　　106006216

出版／城邦文化事業股份有限公司　尖端出版
台北市 104 中山區民生東路二段 141 號 10 樓
電話：（02）2500-7600　傳真：（02）2500-2683
讀者服務信箱：7novels@mail2.spp.com.tw
發行／英屬蓋曼群島商家庭傳媒股份有限公司城邦分公司　尖端出版
台北市 104 中山區民生東路二段 141 號 10 樓
電話：（02）2500-7600　傳真：（02）2500-1979
劃撥專線：（03）312-4212
戶名：英屬蓋曼群島商家庭傳媒（股）公司城邦分公司
劃撥帳號：50003021
※ 劃撥金額未滿 500 元，請加付掛號郵資 50 元
法律顧問／王子文律師　元禾法律事務所　台北市羅斯福路三段 37 號 15 樓

台灣地區總經銷／中彰投以北（含宜花東）　楨彥有限公司
電話：（02）8919-3369　傳真：（02）8914-5524
雲嘉以南　威信圖書有限公司
（嘉義公司）電話：0800-028-028　傳真：（05）233-3863
（高雄公司）電話：0800-028-028　傳真：（07）373-0087
馬新地區總經銷／城邦（馬新）出版集團 Cite（M）Sdn Bhd
電話：603-9057-8822　傳真：603-9057-6622
E-mail：cite@cite.com.my
香港地區總經銷／城邦（香港）出版集團 Cite（H.K.）Publishing Group Limited
電話：852-2508-6231　傳真：852-2578-9337
E-mail：hkcite@biznetvigator.com

版　次／2016 年　7 月 1 版 1 刷　Printed in Taiwan
2021 年 12 月 1 版 7 刷

NINTH PRINCESS OF HADES

NINTH PRINCESS OF
HADES

NINTH PRINCESS OF
HADES

NINTH PRINCESS OF
HADES